노 프라블럼

# 이까짓, 탈모

# 이까짓, 탈모

노 프라블럼

# 머리카락, 이까짓 거

최근 한 유튜브 채널에서 탈모 이야기를 들려달라며 출연 요청이 들어왔다. M자 탈모를 겪었던 여자 한 분(이하 'M자 탈모녀'), 정수리 탈모를 겪는 남자 한 분(이하 '정수리 탈모남'), 그리고 머리 전체에 탈모를 겪는 나까지, 탈모에 일가견이 있는 세 명이 모였다.

이제는 탈모를 즐기는 듯한 정수리 탈모남은 자신이 어릴 적에 머리숱이 상당했다는 둥, 과거 장발을 하고 다녔다는 둥, 3주에 한 번은 미용실에 방문해 머리숱을 정리했다는 둥 과거의 영광에 흠뻑 취해 있었다. 이에

질세라 M자 탈모녀도 지금과는 달리 머리숱이 너무 많아서 고민이었던 전성기 시절부터 호텔리어가 되기 위해 호텔경영학과에 들어갔으나 머리를 올려 묶어야 하는 직업적 특성으로 인해 탈모를 맞이하고 결국 꿈을 포기해야 했던 이야기를 담담히 들려줬다.

이에 또 질세라, 나는 가발을 쓰고 다니다 회사를 관뒀던 사연, 대머리만 아니면 된다는 여자 친구에게 '가밍아웃'을 한 사연 등을 자랑해댔다. 재미있는 건 나도 과거 친구들 사이에서 소문 날 정도로 머리숱이 많았다는 사실이다. 정수리 탈모남 못지않게 2~3주에 한 번은 꼭 머리숱을 쳐야 했다. 한창 유행했던 '샤기컷'도 머리숱이 많아도 너무 많은 나에게는 어울리지 않았던 터라 (대머리인 지금의 내가 할 말은 아니지만) 머리카락이 좀 빠지면 좋겠다는 생각할 정도였다.

'바람에 머리카락이 휘날린다'는 경험을 해보지 못한 전국의 곱슬머리들에게 마법을 부리듯 '매직' 열풍이 돌았을 때에도 나는 그 행렬에 동참할 수 없었다. 머리숱이 많은 내가 매직을 부리면 가발을 뒤집어 쓴 듯한 우스운 모습이 되어 가발 의혹을 종종 불러일으켰기 때문이다. (사실 내 주변의 많은 친구들은 "너는 예전보다 가발을 쓴 지금이 더 낫다"고 말한다.)

M자 탈모녀는 모발 이식을 통해 탈모 고민을 해결했고, 정수리 탈모남은 아예 삭발을 해서 민머리로 살아가는 것에 만족하고 있다. 그리고 나는 자연스러운 맞춤 가발을 착용함으로써 탈모 고민을 이겨냈다.

그렇다. 머리카락이 다시 나지 않아도 우리는 행복할 수 있었다. 우리 셋은 각자 나름의 방식대로 탈모 고민을 해결하고 살아가고 있다. 무엇보다 탈모로 고민하는 사람들이 카메라 앞에 모여 탈모에 관해 떠든다는 사실이 머리털 나고 처음 겪은 일이라 세상이 달라 보이기까지 했다.

탈모를 겪지 않고 머리숱이 많은 상태로 계속 살았

다면 지금도 2~3주에 한 번은 미용실에 방문해 머리를 다듬는 루틴을 반복했을 것이고, 그러지 못할 급한 상황을 대비해 집에 구비해놓은 숱 가위로 직접 머리숱을 쳐내는 대처 능력이 생겼을 것이다. 하지만 탈모라는 돌발 변수가 생기자 머리카락을 대하는 삶의 태도가 달라졌다.

이 책은 오르락내리락 굴곡진 스토리다. 머리숱이 많다고 소문난 남자에게 탈모가 찾아오면서 인생의 대위기를 겪을 뻔했지만, 제 머리에 꼭 맞는 가발을 찾아 행복을 되찾았다.

과거로 돌아가 선택권이 주어진다면 탈모가 없는 인생을 선택할 것이다. 하지만 10년, 20년 후의 미래에서 과거로 돌아간다면 반드시 탈모가 없는 인생을 선택할지는 모르겠다. 머리카락이 없는 동안, 어쩌면 머리카락이 없었기 때문에 겪을 수 있었던 사건들과 인연들이 있기 때문이다.

20대 초반 머리카락이 빠졌다. 대머리인 모습이 때때로 마음에 들지 않지만, 그렇다고 영화처럼 장롱 속으로 들어가 눈을 감고 과거로 돌아가고 싶지는 않다. 나에겐 지금의 아내가 있고, 딸들이 있으며, 그 옆에 내가 있기 때문이다.

머리카락이 없어도 행복을 되찾은 나처럼, 이 책을 덮을 때쯤 당신도 당신의 콤플렉스와 더불어 행복할 수 있는 방법을 찾으면 좋겠다.

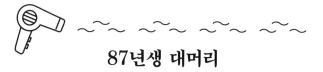

# 87년생 대머리

살면서 여러 종류의 이별을 경험한다. 예상했던 이별이라도 막상 이별의 순간이 닥치면 마음 한편이 쓸쓸해지는 건 어쩔 수 없다. 우리는 첫사랑과 쓰린 이별을 경험하고, 두 번째 사랑으로 그 아픔을 지워내고, 또 다음 사랑을 만나면서 이별에 익숙해진다. 마치 이별에 면역력이라도 생긴 듯, 어떤 이별은 힘들지 않게 이겨내기도 한다. 하지만 첫사랑과 첫 이별을 경험하고 두 번째 사랑이 찾아오지 않는 이에게는 답이 없다. 그저 흘러가는 시간만 믿는 수밖에.

바야흐로 15년 전 나는 조금 특별한 이별을 경험했다. 사랑의 이별보다 아프고, 입대할 때 겪는 세상과의 이별보다 힘들었다. 하지만 이별은 새로운 만남의 시작이라고 했던가. 그 이별과 동시에 새로운 인생이 시작되었다.

나는 87년생 대머리다. 머리카락과 처음 이별한 건 꽃다운 나이, 스물한 살 때였다. 새로운 머리카락이 찾아오지 않아 그저 시간이라는 약으로 견뎌야 했다. 도대체 탈모라는 녀석이 왜 나에게 찾아온 것인지 도통 이유를 모르겠다. 어느 날 슬그머니 엉덩이를 들이밀며 내 인생에 끼어들더니 공생한 지 15년 차가 된 지금. 이제는 내가 대머리라는 사실조차 잊어버릴 때가 많다.

항간에는 스트레스가 탈모의 원인이라고 하는데, 나는 탈모 때문에 없던 스트레스가 생겼다. 음주는 머리카락에 불을 지르는 것이나 다름없다고 하는데, 내가 태어난 역사상 그 어느 때보다 몸이 술을 불렀다. 탈모 스트레스 때문에 매일 술에 절어 피부는 푸석해지고, 두피는 더욱 가벼워지고, 눈동자는 점점 생기를 잃어 갔다.

대부분의 남자들은 공감하겠지만, 입대를 앞두고 짧게 이발하면서 숨어 있던 땜빵과 마주했다. 어릴 때 다쳤던 상처 부위에 머리카락이 자라지 않은 경우가 대부분이라 나도 그저 그런 상처인 줄 알았다.

군 생활은 나쁘지 않았다. 선임들은 잘 챙겨줬고, 가끔은 재밌기까지 했다. 그러던 어느 날, 한 선임이 다가와 무서운 말을 던졌다.

"너 전보다 땜빵이 더 커졌다?"

'탄피가 하나 모자라네'보다 소름 돋는 말이었다. 그 이후 땜빵을 유심히 지켜보기 시작했는데, 정말로 조금씩 영토 확장을 하고 있었다. 원래 있던 땜빵 옆에 새로운 땜빵이 생기고, 그 옆에 또 새로운 땜빵들이 생겨나더니, 종국에는 그것들이 합쳐져 드넓은 대지를 만들어냈다.

탈모 진행 속도는 체감상 빛의 속도 못지않았다. 손으로 머리카락을 한번 쓸어내리면 한 움큼 빠졌고, 자고 일어나면 베개에도 머리카락이 수북했다. 머리가 짧아서 다행이었지, 길었으면 충격은 배가 되었을 터였다.

결국 의병 제대*를 하고 말았다. 입대한 지 7개월 만에 두피의 반 이상이 벗겨지면서 탈모가 뜻하지 않게 전역 브로커 역할을 해냈다. 지금은 어떤지 모르겠으나, 2007년~2008년도에는 50%이상 탈모가 진행되면 의병 제대가 가능했다. 당시 군의관님은 내게 제대를 권했다. 맡은 바를 끝까지 해내지 못했다는 아쉬움이 있었지만, 남들보다 사회에 일찍 사회에 나갈 수 있게 된 마당에 그 아쉬움은 쉽게 지워졌다.

또래 남자애들보다 시간을 번 만큼 앞서 나갈 수 있을 거라 생각했는데, 그 자리에 멈추고 말았다. 내가 탈모에 온 정신이 팔려 "솟아나라 머리, 머리" 기도만 하는 사이, 동기들은 전역을 했고 졸업을 했다.

이유도 모른 채 일방적으로 이별을 통보받은 이에게

---

* 의병 제대 : 현역 군인이 업무 수행을 계속하기 어려운 병에 걸렸을 때, 국방부의 허가를 받아 예정보다 일찍 제대하는 일. 이때에는 이미 복무한 기간에 관계없이 남은 복무 기간이 면제된다. (출처: 표준국어대사전)

는 마음의 준비 따위 할 시간조차 주어지지 않는다. 새로운 사랑(머리카락)이 찾아오지 않았던 나는 그렇게 이별의 순간에 우두커니 서 있을 수밖에 없었다.

주변에서 건네는 위로의 말들이 귀에 들어올 리 만무했고, 내 곁에는 초록색 병들만 늘어났다. 한 병에 천원 조금 넘는, 아무 말도 하지 않는 그것들만이 간신히 나를 밤에 눈감을 수 있게 해줬다. 탈모에 스트레스는 쥐약이라고 한다. 그런데 탈모가 생기면 탈모 자체가 스트레스이니, 탈모 방지를 위해 스트레스를 받지 말라고 하는 것은 분명 어폐가 있다.

탈모가 생기기 전 내 영화 취향은 현실과 거리가 먼 SF보다 현실적인 비련의 주인공이 나오는 영화였다. 하지만 탈모를 만나 현실에서 진짜 비련의 주인공이 되고 나니, 내가 곧 SF 영화에 나올 법한 캐릭터의 모습이 될 것임을 직감했다.

탈모라는 한 가지의 돌발 변수가 생겼을 뿐인데 놀랍

게도 내 삶 전체가 멈췄다. 녀석은 바이러스 퍼지듯 빠르게 육체와 정신을 파고들었다. 마음을 달래줄 여행은 커녕 집 앞 슈퍼마켓조차 마음 편히 갈 수 없는 신세가 되었다. 이미 나는 그 녀석에게 컨트롤 당하고 있었다. SF 영화 속 한 장면처럼.

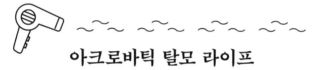

# 아크로바틱 탈모 라이프

사춘기 시절 '고등학교만 졸업하면…'을 앞세워 성인이 되었을 때 하고 싶은, 할 수 있는 많은 꿈을 늘어놓고 살았다. 그놈이 그놈 같아 보이는 교복을 벗어던지고 나만의 개성을 살린 헤어와 패션 스타일을 뽐내는 자유로운 어른을 꿈꿨다. 그리고 대학교에 입성하는 순간, 전국 각지에서 모인 개성들이 공통의 숙원 사업을 이루기 위해 뿜어대는 저마다의 몸부림을 마주했다. 내 나이 스무 살 3월의 캠퍼스는 마치 형형색색의 꽃들이 모인 꽃 축제를 연상시키기도 했고, 화려한 서울의 야경을 보는 것 같기도 했다.

나는 예술 대학, 그것도 외모가 특히 중요한 연극영화과에 연기 전공으로 입학했다. 대학교 1학년 때 나 역시 숙원을 이루기 위한 몸부림 행렬에 동참했다. 꽉 끼는 티셔츠와 바지를 입고 갈색 인조가죽재킷으로 마무리하면 장작으로도 손색없는, 살아 있는 나뭇가지가 된다. 나의 개성은 연기 전공생들 사이에서도 튀지 않고 자연스럽게 스며들었다. 타과에 비해 외모가 출중한 학생들이 많은 연극영화과에서 외모 가꾸기에 방심하면 안 되겠구나, 매일 다짐했다.

하지만 입대 7개월 만에 탈모로 의병 제대를 한 나는 대학 졸업 자체가 불투명해졌다. 캠퍼스에서는 머리를 짧게 잘라 스포티한 헤어스타일을 한 학생들은 쉽게 볼 수 있어도, (머리에) 아무것도 없는 스타일을 하고 다니는 학생을 찾기란 여간 어려웠다. 듬성듬성해진 두피를 숨기기 위해 아무 가발이나 뒤집어썼는데, 그 상태로는 눈부시다 못해 눈 아픈 개성들 사이에서 자꾸 움츠러들었다.

이런 고민에 절어 있는 사이 어느덧 20대 후반이 되고 말았다. 쓸 수 있는 휴학 기간을 모두 소진해버렸고, 결국 어쩔 수 없이 스물일곱 살에 다시 2학년으로 복학했다. 6년 만에 돌아온 학교. 이론 수업 위주로 수강 신

청을 했지만, 전공 특성상 연극 공연을 올려야 하는 전공 필수 과목이 있어서 울며 겨자 먹기로 실기 수업도 들어야 했다.

실기 수업은 대체로 신체를 단련하거나 몸을 쓰는 수업이 많았다. 아크로바틱 체조처럼 몸을 자유롭고 유연하게 쓸 줄 알아야 연기할 때 몸에 힘이 들어가는 것을 조절할 수 있고, 다양한 장면과 캐릭터를 연기할 수 있기 때문이다.

하지만 나는 비니처럼 뒤집어쓰는 가발을 착용했던 탓에 앞구르기조차 마음 편히 할 수 없었다. 신체 단련 수업이 있는 날이면 교수님께 허리 디스크가 있다며 거짓말을 하고는 강의실 구석에 앉아 다른 학생들을 지켜봐야 했다.

이론 수업이라고 속 편한 것은 아니었다. 앞자리에 앉으면 내 뒤통수에 꽂히는 시선이 늘어나 가발을 들킬까 신경이 쓰인 탓에 맨 뒤 구석 자리에서만 마음이 안정을 찾았다. 눈에 보이는 곳뿐만 아니라 보이지 않는 마음의 상처도 심상치 않게 생겨났다.

　매번 아프다고 거짓말하고, 구석에서 움츠려 있다 보니 자연스레 같은 과 친구들과도 어울리기 힘들어져 서로 의도치 않은 거리감만 생겼다. 비싼 등록금을 내고 소중한 수업을 귀담아 들으며 배우가 되는 일련의 과정에 피땀을 흘려도 모자랄 판에 출석 체크만 간신히 하는 내 모습은 정상적이지 않았다. 그런 나를 보는 내 마음도 한없이 작아졌다.

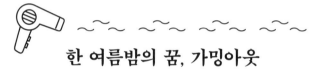

## 한 여름밤의 꿈, 가밍아웃

더 이상 이렇게 살 수 없었다. 고작 가발에 내 꿈을 양보해야 하다니. 연극 공연을 올려야 하는 수업을 앞두고는 "내 머리는 가발이다!" 솔직하게 고백하기로 마음먹었다. 이 수업은 학생들이 직접 오디션을 보고 배우를 선발해서 배우와 연출, 스텝이 한 팀을 이뤄 무대를 직접 설치하고 밤낮없이 동고동락하며 연습에 매진해 공연을 완성한다. 나에게는 선후배들과 가까워지고 연기 전공생으로서 소중한 경험과 배움을 얻을 수 있는 기회였기에 그 수업에 잘 적응하는 것이 최우선 과제였다.

서로 최대한 빨리 친해져야 하는 수업인 만큼, 첫 수업 때 바로 자기소개 시간을 가졌다. 나는 첫날부터 "내 머리 가발"을 밝히고, 혹시 대머리 역할이 필요하다면 내 본연 그대로의 모습으로 공연에 참가할 용기가 있었다. 그렇게 멋지게 공연을 완성해서 남은 대학 생활도 즐겁게 보내고 싶었고, 끝내 좋은 추억을 안고 졸업할 수 있을 거라는 확신이 섰다.

그러나 첫 수업 전날 밤, 머릿속에서 천사와 악마가 끝이 보이지 않는 치열한 설전을 벌였다. 천사는 나에게 '용기를 내는 모습이 멋지다'고 독려하는 반면, 악마는 '앞으로 두고두고 놀림거리가 될 거야'라며 반기를 들었다. 어느 편이 틀렸다고 할 수 없을 만큼 모두 일리 있어 보였기에 수 초 간격으로 마음이 흔들렸다.

날이 밝았다. 잠을 자는 둥 마는 둥 했지만, 극도로 긴장한 탓인지 피곤함이 전혀 느껴지지 않았다. 수업이 다가올수록 그냥 조용히 있어야겠다는 생각이 더 지배적이었지만, 밝히자는 다짐 또한 아직 포기할 단계는 아니었다. 그래도 용기를 내보고 싶어 집을 나서기 전, 맥주 한 캔을 벌컥벌컥 들이켰다.

대망의 수업이 시작됐다. 교수님을 중심으로 동그랗게 배치된 책상. 어떤 자리에 앉든 발표자를 볼 수 있어 자기소개에 최적화된 자리 구성이었다. 교수님이 학기 첫 수업의 시작을 알렸고, 곧바로 학생들의 자기소개가 시작됐다. 술의 힘까지 빌렸건만 아직까지 결정을 내리지 못했다. 천사와 악마 사이에서 수없이 왔다 갔다 하느라 현기증이 날 정도였고, 심장 박동은 2002년 월드컵 4강 진출 때 못지않았다.

첫 학생의 발표가 시작됐다. 순서를 계산해보니 다행히 나는 중후반쯤으로 보였다. 내가 기대하는 시나리오대로 흘러갈까. 아니면 오늘이 평생토록 치욕의 순간으로 기억될까. 한 명 한 명 발표가 끝나고, 이윽고 내 바로 앞 사람까지 불려 나갔다. 하자, 하지 말자, 하자, 하지 말자… 심장이 요동쳤다. 어느새 발표를 끝낸 친구가 자리로 돌아왔고, 모두의 시선은 다음 차례인 나에게로 향했다.

대부분 같은 과 학생들이지만 6년 만에 복학한 내가 누구인지 아는 사람은 거의 없었다. 이 과의 학생인지, 후배인지, 선배인지 알 수 없는 나를 바라보는 그 무구한 눈빛들. "나도 연극영화과 학생이다!"라고 말하는 것조차 미안하게 만드는 눈빛이었다.

몇 날 며칠을 고민하지 않았는가. 그 고민을 또다시 도피로 마무리할 수 없었다. 고민에 지쳐 병원에 실려 가기 일보 직전인 창백한 얼굴을 하고 엉덩이를 의자에서 떼는 순간, 교수님이 말했다. "점심 먹고 한 시간 뒤에 다시 이어갑시다." 순간 본능적으로 안도감을 느꼈지만 이내 그보다 큰 절망감이 몰아쳤다. 같이 밥 먹을 사람도 없거니와 내 인생의 중요한 터닝 포인트가 될 순간을 또다시 기다릴 힘이 남아 있지 않았다.

결국 나는 또다시 도피했다. 때마침 밥 먹자는 친구들과 시간이 맞아떨어져 잘되었다는 듯 아무 말도 들리지 않는 휴대폰을 귀에 대고 통화하는 것처럼 강의실을 빠져나왔다. 집으로 돌아오는 길. 내 몸의 모든 기능이 나에게 미안하긴 한 듯 잠시 전원을 꺼줬고, 덕분에 아무 생각도 하지 않는 허무하고 공허한 상태로 걸음을 옮겼다.

소중한 청춘이 속절없이 흘러가고 있었다. 내 인생에 들이닥친 부정적인 변화를 나는 받아들이지 못했고 스스로 더 가속화시키고 있었다. 얻는 것은 없고 되레 손해만 보고 있으니 이 짓을 계속 할 이유가 없었다. 이 사실을 잘 알면서도 몸이 마음을 따라주지 않았다.

　만약 그때 한 사람 더 발표할 시간이 있었다면, 과연 용기 내서 말을 했을까. 내 인생이 조금 더 밝아졌을까.

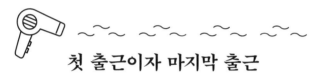

## 첫 출근이자 마지막 출근

출퇴근에 지친 직장인은 대낮의 여유를 즐길 수 있는 백수를 동경하고, 놀고먹는 데 신물 난 백수는 출근길 지옥철마저 부러운 것처럼 남의 떡이 더 맛있어 보일 때가 있다. 그런데 이 부러움이 커지면 자칫 '왜, 하필, 나만…' 하며 부정적인 기운에 잠긴다.

탈모가 내게 그랬다. 차라리 몸 어디가 부러졌으면 몰라, 왜 하필 배우가 꿈인 나에게 이런 일이…. 내 머리 위에서 벌어지는 일이 이 세상 가장 불행한 사건처럼 느껴졌고, 이런 나는 배우가 될 수 없다 생각해 꿈을 접었다.

한순간 목표를 놓아버리니 마음이 무척 홀가분해졌다. 배우가 되기 위해 스스로 옭아맨 부담이 되레 나에게 스트레스를 줬나 보다. 이제 마음의 짐을 내려놓고 배우만큼 멋지고 대단하지는 않겠지만, 스트레스도 덜 받고 탈모가 있어도 괜찮은 안정적인 일자리를 구해서 평범하게 살겠노라 다짐했다.

시험 기간이면 공부보다 먼저 책상 정리와 방 청소를 하고 아직은 배고프지 않지만 공부 중에 고파질 내 배를 위해 든든하게 식사를 미리 해둬야 하는 것처럼, 새로운 인생을 시작하기에 앞서 친구들과 매일매일 오늘이 마지막인 것처럼 놀았다.

술집, 노래방, PC방, 클럽 등 네온사인이 화려한 곳에서 우리는 우정을 다졌고, 기념사진 또한 빼놓지 않았다. 매일 아침 햇살을 맞이하며 잠들었고, 저녁밥 짓는 냄새에 눈을 뜨는 생활을 계속하다 보니 며칠 만에 재정난이 도래하고 말았다. 현금인출기에서 뽑을 수 없을 정도의 잔액만 남아버려 이제 진짜 일을 해야 할 때가 됐다. 경험은 돈 주고도 살 수 없다고 하지 않나. 성공적인 사회생활의 밑거름이 될 아르바이트부터 알아보기로 했다.

구직 사이트에 들어가니 셀 수 없을 만큼 많은 일자리가 보였다. 상담 센터, 음식 배달, 의류 판매 등등 오디션 한 번 보기 어려운 배우 지망생 시절과 달리 무수한 기회와 실전 경험의 장이 눈앞에 펼쳐졌다. 들뜬 설렘도 잠시, 또다시 벽에 부딪히고 말았다.

당시의 나는 가발 위에 모자를 덮어쓴 채 생활을 했었는데, 가만 생각해보니 그 상태로는 할 수 있는 일이 많지 않다. 그나마 가능성이 보였던 콜센터도 손님을 직접 마주하지는 않지만 엄연히 직장인들이 모인 곳이라 모자를 쓰고 일할 수 없었고, 음식 배달은 헬멧을 썼다 벗었다 하다가 도로 한복판에서 가발이 벗겨질 게 뻔했다. 나에게 맞는 아르바이트의 기준이 필요했다.

첫 번째, 모자 착용이 자유로운 곳이어야 한다. 아르바이트를 구하는 데 있어서 가장 발목을 잡는 조건이다. 대부분 모자를 벗고 일해야 하고, 무엇보다 모자를 쓰고 일해도 되는지 물어보는 것 자체가 자연스럽지 못할뿐더러, 모자를 쓰고 출근을 한다는 것은 사회 정서상 버릇없는 행동으로 보이기 쉽다.

두 번째, 땀이 나지 않는 곳이어야 한다. 당시 쓰던 가발은 통풍이 잘 안 되고 두껍고 무거워서 마치 한겨울에 털모자를 쓴 듯한 뛰어난 보온 효과를 자랑했다. 그래서 같은 기온에서도 남들보다 땀을 흘릴 확률이 높아지는데, 그럼 말도 못 할 찝찝함이 뒤따른다. 보통 땀에 머리카락이 젖으면서 바깥으로 떨어지는데, 가발은 두피와 가발망 사이에 땀이 흐를 통로가 없으니 머리카락이 젖지 않는다. 가발 한쪽을 살짝 들어주면 그 틈으로 고여 있던 땀이 쭉 떨어지는 다소 난해한 장면이 연출된다. 심지어 가발 스킨이 두꺼운 망으로 되어 있고 까칠해서 착용하고 있으면 머리가 여간 간지러운 게 아니다. 그럼 결국 화장실의 작은 칸에 들어가 가발을 벗고 머리를 박박 긁고 나와야 했다.

세 번째, 바람이 불지 않는 곳이어야 한다. 당시 쓰던 가발은 끈을 조여 고정했기 때문에 바람이 세게 불면 가발이 벗겨질 위험이 있었다. 웬만한 바람은 버틸 만

했지만 바람에 흩날리는 머리카락은 부자연스럽고, 실제 내 머리카락이 날리는 게 아니라서 두피에 그 느낌이 전혀 전달되지 않았다. 머리 위에서 무슨 일이 벌어지는지 알 수가 없어 심리적으로 위축되기 일쑤였다.

별것 아닌 것 같지만 상세 검색 조건에 이 세 가지만 적용시켜도 검색 결과로 나오는 아르바이트 개수가 눈에 띄게 줄어든다. 그나마도 위험하고 힘든 단기 아르바이트가 대부분이라, 일이 끝나면 다시 일을 구해야 하는 번거로움이 반복됐다. 꾸준하고 안정적인 일자리가 필요했다.

여러 알바를 전전하다가 방송국에서 프로그램 편성과 관련된 일을 한 적 있다. 방송국이면 일반 회사 문화보다 유연하고 복장도 더 자유롭지 않을까 하는 생각에 무작정 지원 했다. 예능 프로그램에서 간혹 제작진들이 카메라에 잡힐 때를 보면 대부분 모자를 쓰고 있던 터라 첫 출근 때 모자를 써도 괜찮겠다고 생각했다.

문제는 면접이었다. 예전에 콜센터에 모자를 쓰고 면접을 보러 갔다가 호되게 혼나고 온 적이 있어서, 이번 방송국 면접은 가발을 쓰고 갔다. 티가 나는 것 같았지만 면접 보는 동안만 잘 견뎌내자는 생각이었다. 당시에 인터넷에서 7만 원 정도에 구매할 수 있는 가발을 썼는데, 손질을 하지 않은 가발이라 가발 특유의 광이 나고, 숱이 굉장히 많아 누군가 조금만 나를 눈여겨 봐도 금방 가발이라는 걸 알아차릴 수 있었다. 그런 '저렴이' 가발을 쓰고 면접장에 들어섰다.

면접 내내 면접관들로부터 여러 가지 질문을 받았는데 가발이 티가 나지 않을까라는 생각에만 사로잡혀 있었다. 그래도 하늘이 도왔는지 준비해간 질문이 나왔다. 마침 면접관으로 "좌측담장"이라는 멘트로 유명한 프로야구 아나운서분도 계셨는데 나도 야구를 좋아했기에 야구 중계와 관련지은 대답을 척척 해내어 면접에 합격을 할 수 있었다.

첫 출근 전날 밤. 열정 하나만 갖고 배우의 길을 걸었던 나의 지난날들에 인사를 건네며 아쉬운 것도 잠시, 새로운 인생에 한 걸음 내딛는다는 설렘으로 가득했다. 그 어려운 면접도 가발과 함께 잘 헤쳐온 내가 아니던가. 뭐든 해낼 수 있다는 자신감도 충만했다.

첫 출근 날. 방송국 곳곳을 누비며 만나는 모든 직원들에게 당차게 첫 인사를 올렸다. 그리고 생각했다. '오늘이 첫 출근이자 마지막 출근이겠구나⋯.' 예능 프로그램에서 본 사람들은 PD, 조연출, 작가처럼 현장에서 일하는 제작팀이라 자유로운 복장이 가능했던 거고, 나는 그들이 만들어 온 방송을 편성하는 팀이라 사무실의 분위기가 일반적인 회사와 별반 다를 게 없었다. 그런 곳에 나는 가발 위에 모자를 쓰고 갔고, 그 꼴로 국장님을 비롯한 다른 직원들에게 인사를 하고 다녔다.

심지어 답답함을 덜어내고자, 가발 가운데 부분을 잘라낸 후 뒤집어쓴 다음 모자로 가렸는데, 팀장님이 나에게 조심스럽게 한 말씀 하셨다.

"한 시간 후에 국장님이 오실 예정이에요. 시간을 좀 드릴 테니 화장실에 가서 모자 벗고 머리 좀 매만지고 오세요."

가운데가 뻥 뚫린 가발을 쓴 나는 화장실에 가더라도, 모자를 벗더라도 다시 돌아올 수 없었다. 책상 아래에 있던 가방을 미처 챙기지 못한 채, 금방 돌아올 것 같은 뒷모습으로 비상계단을 뛰어 내려가며 휴대폰 전원을 껐다.

모든 것이 잘못되고 있었다. 탈모 때문에 배우라는 꿈을 포기해야 된다고 생각했는데, 배우만 아니면 다른 일쯤이야 쉽게 해낼 수 있을 거라고 생각했는데, 나는 그 무엇도 할 수 없었다. 회사 입장에서 한낱 직원의 탈모 따위가 무슨 상관이었을까. 나만이 나의 탈모를 용납하지 못했던 것이다.

탈모 인생의 지렛대

탈모가 손쓸 새 없이 빠르게 진행됐을 때를 떠올리면 지금도 아찔하다. 마치 영화나 드라마에서 두 주인공이 번개를 맞고 서로 영혼이 바뀌어버리는 이야기처럼, 어느 날 하루아침에 다른 사람과 몸이 바뀐 기분이었다.

왜 내게 이런 일이 일어난 건지 생각할 시간이 필요했는데, 세상은 나와 상관없이 빠르게 돌아갔다. 이 지구에서 내 인생만 셧 다운 된 꼴이었다. 어떤 잘못을 저지른 것도 아닌데 남들보다 뒤처지는 모습을 보고 있자니 대역죄인이 된 기분이었고, 그 이유가 탈모라고 생각하니 자연스레 외모 콤플렉스가 생겼다.

내게 탈모를 가장 쉽고 빠르게 해결하는 방법은 가발이었다. 머리카락 고민에 드는 시간과 노력이 대폭 줄고, 바로 효과가 보이니 탈모 콤플렉스를 가진 사람이라면 누구나 한 번쯤 가발을 생각해봤으리라. 나 역시 그랬다. 인터넷으로 구매하면 문 앞까지 배송되는 세상이라 아무도 모르게 가발을 내 품에 안을 수 있어 만족스러웠다.

젊은 나이에 생긴 탈모는 대부분 회복한다는 말을 믿었다. 게다가 가발도 이렇게 쉽게 구할 수 있으니, 이번에 일어난 탈모는 내 인생에 작은 해프닝쯤으로 끝날 게 분명했다. (이런…) 먼 훗날 처음 보는 사람들도 단숨에 사로잡을 만한 썰을 갖게 되었다는 생각에 설레기까지 했다. (저런…)

하지만 설렘은 찰나였다. 내가 구매한 가발은 패션 가발이라고 하는 기성 가발로, 개개인의 얼굴형과 두상을 고려한 것이 아닌 평균 데이터 값으로 만들어진 공산품이었다. 게다가 쇼핑몰 속의 모델은 전문가가 직접 가발을 씌워주고 두상에 맞춰 모발을 다듬어주고 왁스를 칠해 한껏 멋을 낸 상태였으나, 내가 받은 가발은 날것의 상태였다.

이토록 패셔너블하지 않은 패션 가발이라니. 자연스러움과 착용감과도 거리가 상당했던 터라 정말 정교하게 커팅을 하고 내 두상에 어울리게끔 손질을 해야만 그나마 봐줄 수 있는 정도였다. 그날부터 가발과의 길고 지난한 숙명이 시작됐다.

맞춤 가발이 아닌 패션 가발로 가발의 세계에 입문하는 사람들에게 해주고 싶은 말이 있다. 가발을 쓰고 가족이나 친한 친구들부터 만나게 될 텐데, 대부분 그들은 "자연스럽네" 또는 "잘 어울리네"라고 해줄 것이다. 믿지 마라. 탈모로 힘든 당신을 위한 선의의 거짓부렁이다.

탈모로 인한 외모 콤플렉스가 점점 심해지면서 자존감이 기하급수적으로 떨어졌다. 가발을 쓰고 집 밖을 나서면 바람이 어느 방향에서 불어오는지에 온 신경이 쏠렸고, 거센 빌딩풍이 부는 건물과 건물 사이 골목은 가능한 한 피해야 했다. 점점 예민해졌다. 마주보고 대화를 나누던 상대방의 시선이 조금이라도 내 머리 쪽으로 갈까 봐 조마조마했고, 나의 잘못 아닌 잘못을 눈치

챌까 봐 걱정했다.

　주변에서도 나의 예민함을 느꼈는지 금이야 옥이야 내게 위로의 말을 건네며 용기를 북돋아주려 애썼다. 내가 아는 누구는 머리카락이 다시 났다면서 기적 신화를 소개해주기도 하고, 심지어 자기도 머리카락을 밀고 가발을 쓰고 싶다고 말했던 친구 놈도 있었다. 친구들은 내게 가발을 쓰든 쓰지 않든 무엇이든 할 수 있다고 말해줬지만 나는 무엇이든 가발 때문에 할 수 없다고 생각했다.

　지금이야 외모가 내가 행복하게 사는 데 결격 사유가 되지 않지만, 사실 지금도 그 시간을 어떻게 이겨냈는지 잘 모르겠다. 매번 "아닌데, 아닌데" 하며 한 귀로 흘려들었다고 생각한 주변의 위로와 용기의 말들이 모여 지금의 나를 있게 해준 게 아닐까.

　맞춤 가발이 아닌 패션 가발로 가발의 세계에 입문하는 사람들에게 해주고 싶은 말이 또 있다. 가발을 쓰고 만난 가족이나 친한 친구들은 "자연스럽네" 또는 "잘 어울리네"라고 해줄 것이다. 잠자코 고마워하자. 풍파를 맞아 흔들리는 내 인생에 지렛대가 되어줄 사람들이다.

술이 들어간다 쭉 쭉쭉쭉

나는 애주가다. 좋은 일이 생기면 기쁘다는 이유로, 안 좋은 일이 생기면 속상하다는 이유로 사람들을 모아 술자리를 가진다. 그런 와중에 탈모는 무엇보다도 좋은 명분이었다. 아직 탈모의 원인이 정확하게 밝혀지진 않았지만 전문가들은 탈모를 '산에 불이 난 격'이라고 표현한다. 머리가 산이라면 두피 안에서부터 열이 올라와 불이 나는 바람에 산을 이루는 나무들이 다 타버린다는 것이다. 그래서 탈모인들은 열이 많이 나는 음식을 가급적 피하라고 권유받는다. 술은 몸에 들어갔을 때 열을 내는 가장 대표적인 식품이니, 탈모인이 술을 마시는 것은 '산불이 난 곳에 휘발유를 뿌리는 격'이라고 할 수 있겠다.

'술을 마시기에 가장 좋은 명분'과 '활활 불타는 산에 휘발유를 퍼붓는 행동' 사이에서 나는 조금의 고민도 없이 술을 택했다. 술탈(술과 탈모)은 치맥(치킨과 맥주), 삼쏘(삼겹살과 소주)에 버금가는 최고의 안주 궁합을 자랑했다. 여기에 지인들의 달달한 위로까지 더해지니 술이 술을 부르는 꼴이 됐다. 그리고 다음 날, 병에 걸린 듯 초췌한 몰골로 끓여 먹는 얼큰한 라면은 애주가들에게는 놓칠 수 없는 삶의 낙이다.

그럼에도 탈모를 도저히 용납할 수 없었다. 제대 후 그저 원래대로 돌아오기만을 기다리며 고통의 시간을 보냈는데, 인류가 밝혀내지 못한 탈모의 원인을 친구들과 술을 먹으며 밝혀내려고 하니 밝혀질 리가 없었다. 그리고 술자리가 끝나면 우리는 각자의 길로 되돌아갔다. 결국 다시 혼자 남겨졌고 홀로 보내는 고통의 시간이 반복됐다.

그렇게 나는 하루하루 퇴보했다. 술과 해장 라면의 기쁨은 잠시. 숙취가 해소되고 기분 나쁜 배부름이 올라오면 공허함도 함께 몰려왔다. 그럼 그 공허함을 채우기 위해 다시 술과 사람을 찾는 것이다. 삶의 목표 같은 건 모두 내려놓을 수 있는 그럴싸한 명분도 갖췄겠다, 놀기 좋은 판이 만들어졌지만 사실 달라지는 것은 없고 성취감 또한 없으니 그 이상의 재미를 느낄 수 없었다.

많은 전문가가 알코올 중독의 원인으로 심리적인 요인을 꼽는다. 술을 마시지 말아야 한다는 걸 본인도 알면서 술을 끊을 수 없는 이유는 여름이 덥다고 계속 물을 마시는 것과 같다고 한다. 실제로는 물 한 잔으로 충분히 갈증이 해소되었는데 날씨가 더우니 계속 목이 마르다고 착각하는 것이다.

탈모는 몸에 통증이 없다. 그래서 몸이 아닌 정신이 아픈 느낌이다. 몸보다 마음의 상태가 더 시급해지다 보니 몸에는 안 좋아도 마음에는 위로가 되는 술을 선택하게 된다. 그리고 내가 느끼는 목마름이 착각이다 보니 물이 주는 시원함도 순간일 뿐, 본질적인 갈증은 해소되지 않는다. 그렇게 순간의 쾌락에 기대어 살았다.

술밖에 나를 위로할 수 없다며 비련의 주인공 행세를

했던 그 세월을 후회한다. 하지만 다시 돌아간다 한들 다른 선택을 내릴 수 있을까. 지난날의 과오를 되새겨 현재를 보완하고 더 나은 미래로 향해가는 것이 마땅하지만, 되새길 가치가 없는 과거는 다시 돌아가도 똑같다. 후회하는 시간조차 아까우니 이제는 잊기로 한다.

어쩌면 탈모는 내가 살면서 겪을 풍파 중에 그리 강하지 않은 레벨인지 모른다. 탈모보다 더한 서프라이즈가 인생 곳곳에 숨어 있다 생각하니 조금 아찔하지만, 그때야말로 나의 지난 경험과 후회가 올바르게 발휘되면 좋겠다.

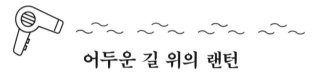

어두운 길 위의 랜턴

어디에 드러내지 못하고 누구와도 나누지 못하는 콤플렉스는 가발 밑 음지에서 점점 몸집을 키워갔다. 타인의 기분을 망치는 실례도 아니고, 전염병도 아닌데 숨길 수 있을 때까지 숨기고 싶었다.

"내 소듕한 머리카락…"을 울부짖을 해우소가 필요했고, 누군가에게 해우소가 되어주고 싶었다. 그래서 시작한 것이 유튜브였다. 전국 각지에서 같은 고민을 하고 있던 동지들이 내 채널에 모여들면서 탈모인들의 대나무숲을 이뤘다.

job ***
27살 탈모인 입니다. 탈모라고 연애 못하는 거 아니죠? 충분히 다른 거 매력 키우면 충분히 여자 만날 수 있죠?
👍 👎 ♡ 답글

justice phoe***
감동입니다. 제가 다 눈물이 나올뻔 했네요. 이해해주신 현재 와이프 되시는분께 제가 감사드립니다. 부럽습니다ㅎ
👍 👎 ♡ 답글

　　얼굴도 모르는 이들과 전우애 못지않은 *끈끈함*을 느꼈다. 그들은 자신의 고민과 고충을 댓글란에 남겼고, 영상과 답글로나마 가까운 미래에 희망이 있음을 전하고 싶었다. 하나둘 답글을 달다 보니 탈모 고민의 메커니즘이 비슷하다는 사실을 알게 됐다. '직장 생활을 하는 데 동료들이 눈치 챈 것 같다', '애인이 생겼는데 언제까지 흑채로 탈모를 가릴 수 있을지 걱정이다', '희망이 없다' 등 어디에 내놓지 못할 속앓이가 대부분이었다. 머리가 빠지는데 머리통이 아픈 게 아니라 머릿속이 아픈 우리들이다.

chocolate brow***
몸이 안 좋아서 머리가 많이 빠졌어요. 더 심하게 간에 무리가 갈 거 같아 탈모약은 생각도 못하고 있고요…. 이것저것 검색하다 결국 가발을 유튜브에 쳐봤는데 대멀님의 자연스럽고 예쁜 머리를 보고 희망이 생겼어요. 감사합니다.

👍  👎  ♡   답글

jin young***
영상 잘 보았습니다. 보는 내내 자존감에 대해 생각해봅니다. 나를 사랑하는 마음, 나의 존재를 아낄 수 있는 마음 모두 멋지게 보입니다! 앞으로 구독할게요.

👍  👎  ♡   답글

낭*
대멀님 좋은 영상 감사합니다. 20대 중반 젊은 나이에 탈모로 자존감도 많이 떨어졌고 스트레스도 많이 받는데 영상 보고 정성스레 써주신 댓글들도 보고 하면서 많은 위안을 얻어 갑니다.

👍  👎  ♡   답글

게*

좋은 말씀 정말 감사합니다…. 저도 극심한 탈모에 외모 콤플렉스도 있어서 돌아오지 않는 청춘의 수년을 낭비하였습니다. 정신 차리고 나니 손에 쥔 게 아무것도 없네요. 이제부터라도 제대로 살아보려고 합니다. 고통을 극복하시고 나서 힘든 상황에 처해있는 사람에게 용기를 주시는 모습 존경스럽고 닮고 싶습니다. 전해주시는 용기 받아서 대차게 살아보겠습니다. 나중에 구독자 정모 한번 가시죠!

👍 👎 ♡ 답글

pantone b***

희망 전도사 같네요. 탈모가 바이러스 같다는 말 정말 공감합니다. 나는 그대론데…. 그냥 머리 좀 빠진 것일뿐인데 온몸에 병균이 옮은 것처럼 삶이 피폐해지죠. 이젠 그냥 숱 좀 없는 사람. 그리고 더 빠지면 가발까지! 하는 생각으로 조금 무게를 내려놓으려고 합니다.

👍 👎 ♡ 답글

 

　생각보다 많은 이들이 나의 이야기에 귀 기울여 주었다. 가발을 쓰다가 회사를 관둔 사연, 태풍 때문에 출근을 하지 못한 사연, 여자 친구에게 가발 고백을 한 사연 등 남이 겪은 이야기가 아닌 내가 겪은 사건들을 나열

해 놓았을 뿐인데 공감은 물론, 희망과 용기를 얻었다는 사람들도 많았다.

이런 기억이 있지 않은가? 상대방의 고민을 들어줬을 뿐인데, 고맙다는 말을 들었던 기억. 혼자라면 잠에서 깨어나지 못하고 오후 늦게까지 잠에 빠져있을 것 같은데, 같이 있기에 이겨냈던 순간.

어둡고 보이지 않는 길에 준비해놓은 랜턴을 켜면 그것을 미처 준비하지 못한, 내 뒤에 있는 사람들이 그 불빛을 의지하며 따라온다. 나는 그저 앞으로 가고 있을 뿐인데, 뒤에 있는 사람들은 나에게 고마움을 느낀다. 내 유튜브 영상이 그들에게 있어서 한 줄기 빛이 아니었을까. 그리고 한편으로는 맨 앞에 있는 사람 또한 뒤에 따라오는 사람들이 있기에 어두운 곳을 앞장서 걸어갈 수 있는지도 모른다.

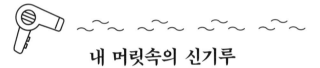

**내 머릿속의 신기루**

초등학교에 다니던 시절, 그때 나는 비만은 아니었지만 경계선상에 있었다. 학기 중엔 전체 학생들이 건강 검진을 위해 꼭 비만도 테스트를 받았다. 쉬는 시간 친구들과 공기놀이나 학 종이 뒤집기를 하고 있으면 때때로 비만인 학생들은 교무실로 오라는 교내 방송이 나오곤 했다. 방송을 듣고 교무실로 가던 친구들의 모습이 기억난다. 비만 경계선에 있던 나는 수업을 듣거나, 방송이 나올 때 비만이라는 단어가 나오면 괜히 마음속 한편이 긴장되었던 기억이 난다. 초등학생이었던 나에게 통통한 몸은 콤플렉스였다.

초등학교를 졸업하고 중학교에 입학했다. 중학교 때부턴 정수리 부분에 흰머리가 꽤나 있었다. 머리를 짧게 자르고 다녔지만 내 눈에 흰머리가 보여 신경이 쓰이는 바람에 집으로 돌아오면 거울 앞에 서서 눈을 치켜뜨고 흰머리를 뽑았던 기억이 난다. 중학생 나에게 흰머리는 콤플렉스였다.

중학교를 졸업하고 고등학교에 입학했다. 나뭇잎이 떨어지는 것만 봐도 웃음이 나온다는 그 시절, 강아지가 지나가기만 해도 혼자 웃으며 술래잡기를 하는 10개월 된 내 딸처럼, 나도 친구 옆모습만 봐도 웃음이 나왔다. 그런데 그 시절, 브랜드가 있는 운동화를 한번도 신어 본적이 없었다. 주위 친구들이 유명한 브랜드의 운동화를 신고 다닌다는 걸 깨닫고, 고개를 숙여 신고 있는 운동화가 어떤 브랜드의 운동화인지 들여다봤다. 자세히 보니 그제야, F자가 거꾸로 된 '닐라'(FILA의 F자가 거꾸로 되면 한글의 ㄴ자로 보인다, ㄴILA)라는 짝퉁 브랜드의 운동화가 보였다. 유명 브랜드의 필요성을 모르고 살던 내가 처음으로 브랜드 아닌 운동화가 부끄러움이 될 수 있다는 것을 알았다. 그 시절 나에겐 짝퉁 운동화가 콤플렉스였다.

그렇게 고등학교를 졸업하고, 대학교에 들어가 군대를 다녀오면서 탈모가 찾아왔다. 초중고등학생 시절에 이어서 탈모라는 콤플렉스를 갖게 되었다. 생각해보면 어릴 때부터 지금까지 콤플렉스를 항상 지니며 살았다. 왜 항상 내 자신에 만족하지 못하고 살고 있는 걸까?

　사실 사람들과 대화를 해보면 이런 현상은 나만 가지고 있는 게 아니다. 누구는 키가 작아서, 누구는 키가 너무 커서 콤플렉스인 사람들도 있고, 누구는 뚱뚱해서, 누구는 아무리 먹어도 살이 안 찌고 마른 몸을 가지고 있어 콤플렉스인 사람들도 있다. 그렇다고 중간 기준에 있는 사람들이 콤플렉스가 없는 것도 아니다. 키가 보통인 사람은 조금만 더 키가 컸으면 좋겠다 생각하기도 하고, 적당히 몸무게가 나가는 사람도, 아예 살을 좀 더 찌워서 근육을 키우고 싶다거나, 반대로 너무 살이 쪄서 안 되겠다며 다이어트에 돌입하는 사람도 있다. 우리는 적용이 쉽지 않아 보이는 데이터를 목표로 삼은 다음 또 한번 각자만의 기준으로 재해석하여 수차례 가공된 자신만의 외모 기준을 만들어낸다. 그리고

이 신기루 같은 기준에 어긋나면 그것을 콤플렉스라 생각하고 해결하기 위해 몸부림친다.

친구들 사이에서 종종 장난삼아 이런 대화를 하곤 한다.

"엄청 뚱뚱한 사람, 엄청 마른 사람 중에 누굴 선택할 거야?"

그럼 질문을 받은 사람은

"마른 사람이 낫긴 같긴 한데, 너무 마르면 싫은데…. 뚱뚱한 게 어느 정도야?"

그럼 질문을 했던 친구는

"엄청 뚱뚱한데 키가 커, 그런데 마른 사람은 엄청 마르고, 키가 작아, 그럼 너는 누굴 선택 할 거야?"

이런 대화에서 질문을 하는 사람, 질문을 받는 사람 이 둘의 뇌를 분석해본다면, 둘 다 집중력이 최고조에 다다른 상태라고 나오지 않을까 싶다. 상상 속 모습에도 외모를 따질만큼 외모 콤플렉스는 스트레스다.

하지만 내가 가지고 있는 콤플렉스에 대해서는 내가 가장 관심이 많다. 돈을 주고 등록을 해야 관심을 가지고 관리를 해주는 헬스트레이너가 아니라면 내 콤플렉스에 대해 나만큼 지속적으로 관심을 가지지 않는다.

가발을 쓰지 않는 대부분의 사람들은 내 탈모 이야기를 들으며 불쌍하고 측은하게 생각하지만, 얼마 못가서 관심이 가라앉을 것이다. 본인의 콤플렉스를 발견하고 해결하는데 집중해야 되기 때문이다.

살이 빠지지 않는다고 스트레스를 받으면 먹을 것이 땡기고, 폭식으로 이어진다고 한다. 탈모는 스트레스를 받지 않는 것이 좋다고 하는데, 탈모 때문에 가장 스트레스를 받는다. 내 몸매를 좀 더 사랑하고, 탈모가 생겼다는 현실을 부정하지 말고 인정한다면 살이 찐 사람은 폭식을 피할 수 있고, 탈모가 생긴 사람은 스트레스를 덜 받아 탈모가 호전되는 효과를 가져 올 수 있다. 외모 콤플렉스를 가장 빠르고 효과적으로 해결하는 방법은,

가지고 있는 콤플렉스를 인정하는 길이 아닐까. 콤플렉스를 발견하고, 해결하면 다시 새로운 콤플렉스를 발견하고, 다시 그 콤플렉스를 해결하는 것에 열중하는 것, 그 자체가 인생인 것 같다.

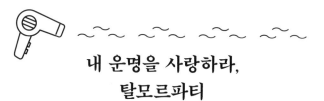

내 운명을 사랑하라,
탈모르파티

수십 대 일의 경쟁률을 뚫고 서울에 있는 모 대학의 연극영화과에 합격했을 때 간절했던 꿈의 첫 단계를 무사히 통과한 기분이었다. 부모님은 나를 자랑스러워하셨고, 친척들과 지인들은 아낌없는 축하를 건넸다. 꿈의 첫 단계에서 마지막 단계의 내 모습을 상상하니 마음이 몹시 달떴다. 그렇게 영화배우가 되기 위한 영화 같은 삶이 시작됐다. 아니, 영화보다 더 영화 같은 삶을 앞두고 있었다.

여느 남학생들이 그러하듯, 대학교 입학의 단물이 끝나갈 무렵 입대를 했다. 입대 첫날밤. 어쩌다 여기에 누워 있게 됐는지, 오늘 하루도 이렇게 긴데 2년의 시간이 지나가기는 할는지, 통일되면 즉시 제대할 수 있는 건지 온갖 잡념이 가득했다.

인간은 적응의 동물이라고 했던가. 군 생활은 할만했고, 생각보다 웃을 일도 많았다. 300여 명의 부대원의 가족들을 초청한 축제에서는 내 장점인 연기를 살려 장기자랑에 나가 1등을 하기도 했다. 군대는 내 꿈의 두 번째 단계였고, 이 또한 무사히 지나가는 듯했다. 그런데 이게 웬걸. 입대 4개월 만에 원형 탈모를 발견, 8개월 차에 탈모에 의해 의병 제대를 하고 말았다. 두 번째 단계에서부터 예상치 못한 문제가 발생해버렸다.

이제 배우는 꿈도 꿀 수 없다고 생각했다. 외모와 개성이 무엇보다 중요한 연극영화과에서 탈모는 멋지지도 않고 개성에도 속할 수 없다고 생각했다. 그사이 주변 사람들은 성큼성큼 자기 인생의 계단을 올라갔고 심지어 나보다 낮은 층에 있다고 생각했던 사람들조차 나를 지나쳐 갔지만 나로서는 지켜보는 게 최선이었다.

이렇게 꿈을 포기할 수는 없었다. 일단 휴학을 하고 배우라는 꿈의 언저리에서 두 번째 꿈을 찾아보기로 했다. 한마디로 '질질 끌기'를 택했다.

처음에는 얼굴을 드러내지 않고 목소리만으로 연기하는 성우가 떠올라 학원을 알아봤다. 그러다 얼굴도

드러내고 연기도 하고 웃음도 줄 수 있는 개그맨이 떠올라 두 번의 개그맨 공채 시험을 치뤘지만, 백화점 마네킹 같은 무표정의 심사위원들을 보며 이 길은 내 길이 아님을 깨달았다. 배우의 최측근인 매니저도 알아봤는데, 매니저의 필수 자격인 1종 면허가 없던 터라 면허를 준비하는 사이 또 생각이 바뀌었다. 이런 패턴의 반복이었다.

누군가는 '요 녀석 참 끈기가 없네'라고 혀를 찰 수 있다. 마음이 없었으니 당연하다. 그러면서 자신감도 계속 줄어 아무것도 할 수 없을 것만 같은 기분에 사로잡혔다. 벼랑 끝에 나를 세우고서야 친구들에게 숨겨뒀던 속내를 털어놓기 시작했다. 고민을 털어놓는다 한들, 그들이 해결해줄 방도는 없다고 확신했기에 사실 별 기대를 안 했다. 역시 그들은 머리카락이 다시 나는 방법을 알려주지 않았다. 당사자인 나도 모르는 걸 그들이 알 리가….

그런데 웬걸 친구들은 치료법 대신 탈모의 가능성을 제시해줬다. 머리카락이 있는 모습과 없는 모습, 두 가지 캐릭터를 소화할 수 있으니 출발점이 다르다며 나를 응원했다. 더군다나 젊은 대머리 배우는 경쟁자가 훨씬 적으니 오히려 블루오션이라는 거다. 반신반의했지만 그럴 듯했다.

문제를 받아들이는 것만으로 문제를 문제가 아닌 것으로 만들 수 있었다. 마음을 내려놓고 편안하게 가벼운 마음으로 산책하듯 길을 걸으니 고독하고 어둡기만 했던 길에서 거짓말처럼 풀 냄새와 부드러운 햇살이 코끝을 맴도는 것 같았고, 내가 어두운 곳을 지나갈 때면 보이지 않던 가로등이 하나씩 내 길을 밝혀주었다.

탈모가 있던 어제와 탈모가 있는 오늘은 달랐다. 개성이 될 수 없다고 생각했던 탈모는 이제 누구보다 강력한 개성이 되었고, 꿈을 위한 특별한 경험치가 되었다. 어쩌면 우리는 이미 인생의 해답을 알고 있을지도 모른다. 그리고 살다 보니 탈모는 문제도 아니더라. 문제가 있다면 꼭 주변에 털어놓자. 해결할 수 없다고 스스로 확신하고 혼자서 속앓이 한다면, 그건 자학에 지나지 않는다. 분명 그곳에 답이 있다.

있는 그대로의 나를
사랑하지 않아도 괜찮아

탈모 덕분에 〈아저씨〉 원빈 못지않은 이발 실력을 갖추게 됐다. 도무지 패션 가발을 쓰고서는 우리 집 현관도 나설 엄두가 안 났다. 가발을 쓴 채 미용실에 가서 다듬어달라고 할까 생각해봤는데 여간 피곤한 일이 아니었다. 영문도 모르는 미용사는 빗질을 해댈 테고, 빗질 한 번에 가발이 들썩일 테고, 자칫 뒤로 벗겨질 수도 있고, 그럼 너도 나도 민망한 상황이 되어버리고, 가발을 쓰지 않고 들고 갈 용기는 더더욱 없고….

역시 인생은 독고다이다. 오전에 화장실에 들어가 홀로 거울 앞에 서서 미용 가위로 머리숱을 쳐내고, 길이를 자르고 나니 네 시간이 훌쩍 지나가 있었다. 혼자만의 고독하고 열정적인 투쟁을 마치고 나오면 대수술을 끝낸 의사처럼 몸과 마음이 만신창이가 되어 있었다. 〈나 혼자 산다〉에서 기안84가 혼자 머리 자르던 모습을 상상하면 된다.

고독한 싸움은 대부분 실패로 끝났다. 가발은 다시

자라지도 않아서 손을 잘못 놀렸다가는 바로 망한다. 가발을 몇 만원에 샀든 한 번이라도 삐끗하면 곧장 쓰레기통행이다. 인간의 한계는 어디까지일까. 수년간 화장실에 들어가 혼자서 그 짓을 하고, 피땀눈물에 젖은 돈과 가발을 쓰레기통에 버리다 보니 어느새 실력이 좀 늘었다. 제법 창피하지 않을 만큼은 자를 수 있게 됐다.

하지만 인간의 욕심은 끝도 없는 법. 자연스러운 가발에 대한 갈증은 계속됐다. 게다가 시시각각 변하는 유행을 가발 하나로 따라가기엔 역부족이었다. 내가 처음 화장실에서 그 짓을 시작했을 때만 해도 귀가 안 보일 정도로 머리를 덥수룩하게 기르는 스타일이 유행이라 가발 손질이 간편했다. 그런데 언제부턴가 옆머리와 뒷머리를 짧게 자르는 투블록 스타일이 유행을 타기 시작했다. 올 것이 왔다.

그즈음 탈모를 겪고 나서 처음으로 한 곳에서 아르

바이트를 세 달 이상 하고 있었다. 주머니에 여유가 생기면 가장 좋아하는 것부터 하기 마련. 마침 길거리에서 보았던 맞춤 가발 간판이 떠올랐다. 당시 유행했던 투블록 맞춤 가발을 인터넷에 검색해보니 수많은 맞춤 가발 업체가 나왔다. 스크롤을 열심히 내리다 한 남자의 사진에서 손이 멈췄다. 그는 내가 꿈꾸던 멋스러운 투블록을 자랑하고 있었는데 놀랍게도 가발이라는 것이다. 그것도 통가발! 그 업체에 바로 전화를 걸어 약속을 잡았고, 한 달의 긴 기다림 끝에 맞춤 가발을 처음 만났다.

　내 인생은 탈모가 시작되기 전후가 아닌 맞춤 가발을 쓰기 전후로 나뉜다. 맞춤 가발은 내가 그동안 쓰던 가발과는 완전히 달랐다. 기성 가발의 두꺼운 망은 온데간데없고 망도 무척 얇은데다가 내 두상에 딱 맞게 제작되어 훌륭한 착용감을 자랑했다. 무엇보다 요즘 유행하는 옆머리와 뒷머리가 짧은 스타일을 나도 할 수 있게 되어 더욱 마음에 들었다. 평생 애타게 그리워하던 사람을 만난 것처럼 소중했다. 맞춤 가발을 처음 내 손에 쥔 날, 탈모가 없던 예전으로 돌아간 듯한 기분으로 친구들과 밤새 놀았다.

맞춤 가발을 쓰기 전에는 무작정 탈모 스트레스에서 벗어나는 데 급급했다면, 이젠 앞으로의 내가 무엇을 할 수 있을지 가능성을 더 그리게 됐다. 무엇보다 탈모에 대해서도 남들에게 당당하게 말하고 다닐 수 있었고, 그 덕분에 생각지 못한 기회들도 생겨났다.

있는 그대로의 나를 사랑하지 않아도 된다. 그럴 수 없어서 괴로운 게 아닌가. 굳이 애쓰지 않아도 괜찮다. 내 힘으로 어쩔 수 없는 것에 매달리면서 허송세월을 보내는 것보다 하루라도 빨리 나만의 방법을 찾아 나를 위로해주는 것이 심신 건강에 좋다.

그런 의미에서 머리카락이 다시 나는 것만이 탈모의 해결책이 아니다. 심거나 밀거나 덮거나 여러 방법이 있다. 내가 맞춤 가발을 만나지 못했다면 지금도 여전히 탈모 스트레스에 허우적대고 있었을 것이다. 요즘의 나는 탈모 스트레스를 잊은 지 오래다. 화장실에서 혼자 가발을 자르던 모습을 생각하면 웃음이 나온다. 참, 패션 가발을 쓰고 술을 먹다가 누가 머리를 잡아당겨서 가발이 벗겨진 적도 있었는데… 지금 생각해도 아찔하다.

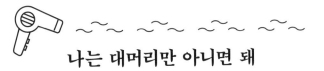

**나는 대머리만 아니면 돼**

2019년 5월 4일. 네 살 연상의 여자와 연애한 지 6개월 만에 웨딩마치를 울렸다. 결혼한 지 어느덧 2년이 훌쩍 지났다. 야구장 데이트부터 시작해 결혼까지 결코 순탄치 않은 반년이었다.

불안정한 나의 미래도 걱정이었고, 무엇보다 연애 3개월 차에 접어들도록 "사실 내 머리 가발…"을 터놓지 못했다. 맞춤 가발 하나만 있으면 모든 데이트가 가능했다. 멀리 여행을 가는 것도, 잠을 자는 것도, 샤워를 하는 것도 안 되는 게 없었기에 본의 아니게 '가밍아웃'을 계속 미루게 되었다. 사귄 지 얼마 안 되었으니 행복한 시간만 보내고픈 마음이 굴뚝같았기에 어느 날 갑자기 "사실 내 머리 가발…" 하며 분위기를 깨고 싶지 않았다.

속사정을 알 리 만무한 여자 친구는 어느 날 내게 결혼 이야기를 꺼냈다. 아직 결혼할 준비도 안 되어 있을 뿐더러 결혼 자체를 깊이 생각해 본 적이 없었기에 우선 조금 더 만나보고 결정하자는 식으로 둘러댔다. 사실 여자 친구가 모든 것을 알게 된 후에도 나와 결혼하고 싶을까, 라는 생각을 지울 수가 없었다.

이런 나의 입을 더욱 다물게 한 사건이 있었으니…. 여자 친구와 아는 동생과 함께 술자리를 갖게 됐다. 여자 친구에게 잘 보이고 싶었던 나는 평소 남자인 친구들과 있었으면 먹지 않았을 고급 안주를 시켜놓고 입에 잘 안 맞다는 듯 너스레를 떨면서 앉아 있었다. 그러던 중 동생이 최근에 남자 친구가 생겼다면서 연애담을 풀어놓기 시작했다. 애인 사진도 보여주면서 매너 좋고 자상한 남자라고 소개하더니 대뜸 수심이 깊은 표정으로 나를 보며 말했다.

"오빠는 머리숱 많아서 좋겠다. 내 남자 친구는 머리숱이 별로 없어…."

뜨끔했다. 겉으로는 태연한 척, 나도 머리숱이 별로 없다며 가발을 내 머리인 양 들이댔다. 수년간 연습해

082

온 연기를 여기서 이렇게 써먹었다. 겸손함과 위트까지 갖춘 만족스러운 대처였다. 곧이어 소주 한 잔을 들이켰지만 쓴맛이 느껴지지 않아 비싼 안주를 절약할 수 있었고, 여러모로 그날 술자리는 성공적으로 끝나가는 분위기였다.

머리숱 이야기는 이제 그만, 여기까지 하고 싶었는데…. 이번엔 나의 사랑하는 여자 친구가 그 바통을 이어갔다.

"나는 키가 작아도 되고, 뚱뚱해도 되고, 못생겨도 되는데 대머리만 아니면 돼."

오싹했다. 순간 얼굴 근육까지 꿈틀거려 자칫 어색해질 뻔했으나 그들은 눈치 채지 못했다. 나는 그 말에 공감한다는 듯한 표정 연기를 하며 속으로 생각했다. '헤어지겠구나….'

일단 여자 친구는 내 머리가 가발인 것을 눈치채지 못한 게 확실했다. 다행스러우면서도 머릿속이 복잡했다. '대머리만 아니면' 된다는 여자 친구의 말은 나의 사고 회로를 마비시켰다.

그날 이후, 마음이 무거워지기는커녕 오히려 가벼워졌다. 어차피 헤어질 테니 복잡한 마음이 들지 않았다. 하지만 무릇 사랑이란 마음대로 되지 않는 법. 인연을 끊기에는 이미 그녀를 정말 많이 너무나 사랑했다.

정면 돌파하기로 결심했다. 나만의 가밍아웃 디데이를 잡고, 여자 친구에게 한강 데이트를 제안했다. 오늘이 아니면 안 된다고 스스로 되뇌었지만 사실 자신은 없었다. 노을 지는 저녁, 낭만이 도처에 깔린 한강에서라면 여자 친구도 기분이 좋아 뭐든 다 들어줄 것 같았다. 하지만 '대머리만 아니면' 된다는 말이 자꾸만 떠올라 입도 뻥긋 못하고 내가 먼저 달아날 것 같기도 했다.

저녁 일곱 시. 드디어 한강에 도착했다. 입고 있던 외투를 벗어 여자 친구의 어깨에 덮어주는 자상함을 보여

준 뒤 강변을 걸었다. 그리고 한강을 바라보며 온갖 달콤한 말들을 쏟아냈다. 분위기가 좋으면 바로 "사실 내 머리 가발…"에 들어갈 작정이었다.

"저기 보이는 강물, 우리 인생 같지 않니. 왼편은 파도가 세고, 오른편은 물결이 잔잔한 것이 우리가 살고 있는 인생 같지 않니. 파도가 강 끝에 도달했을 때…."

"춥다. 카페 가자."

"응."

첫 번째 작전은 깔끔하게 실패. 카페로 향하며 머릿속으로 플랜B를 구상했고, 유람선 안에 있는 카페에서 다시 기회를 엿보기로 했다. 카페 문을 열고 들어가 주문하려는 찰나 들려오는 한마디. "오늘 영업 끝났습니다." 두 번째 작전도 무참히 실패하면서 어느 덧 우리는 집으로 돌아가고 있었다. 집으로 돌아오는 차 안. 시계는 벌써 아홉 시를 가리키고 있었다. 여자 친구 집까지는 30분 정도면 도착하는 거리라 더 이상 물러설 곳이 없었다.

"혹시 내가 어디가 아프거나 하더라도 나랑 결혼할 거야?"

"당연하지."

연인들의 알콩달콩한 대화나 하자는 게 아닌데, 내 속을 알 리 없는 여자 친구는 문제집에 딸린 해답지를 읽어주는 선생님처럼 올바른 말만 해댔다. 오늘 꼭 말하겠노라 다짐한 터라 이대로 집에 가버리면 다음 데이트까지 복잡할 머릿속을 감당할 자신이 없었다. 결국 여자 친구에게 맥주 한잔을 제안했다. 여자 친구 집에 들어가 맥주를 마시며 각을 잡았다.

"사실 내가 오늘 고백할 게 있는데, 앞으로 한 시간 안에 꼭 말할게. 대신 말할 용기가 잘 나지 않으니, 스무고개 하듯 조금씩 고백할 내용에 대해서 다가가 보도록 하자."

"알겠어."

여자 친구는 스무고개 하듯 고백할 주제를 맞추기 시작했다.

"유부남이야?"

"죽을 병 걸렸어?"

"음… 여자야?"

가발에 'ㄱ'도 맞추지 못하고 약속했던 한 시간이 지났다. 천사와 악마가 번갈아가며 내 마음을 뒤집어놓기를 수차례. 결국 머리로 손이 갔다.

"내가 오늘 고백하려고 했던 건… 이 머리야."

내 머리를 한참 바라보던 여자 친구가 말했다.

"머리가… 아파?"

사실 여자 친구에게 가발 고백을 망설였던 것은, 여자 친구의 마음이 돌아설 수 있다고 걱정했던 것도 있지만 한편으로는 나의 고민이 상대의 짐이 될 수도 있어서이기도 했다. 나의 고민을 사랑하는 사람에게 넘겨주고 싶지 않았다.

결국 새벽이 다 되어서야 머리가 아프냐며 헛다리를 짚던 여자 친구에게 "사실 내 머리 가발⋯"이라고 솔직하게 털어놓았다. 다행히 그녀는 차갑게 외면하지 않았고 솔직하고 용기 있게 고백해준 나에게 오히려 고맙다는 말을 전했다. 끝날 줄 알았던 우리의 사랑은 더욱 단단해졌고, 결국 결혼에 성공했다.

와이프는 여전히 대머리인 나를 사랑해준다. 하지만 여전히 가발을 쓴 나의 모습을 더 좋아한다. 그리고 여전히 탈모가 있는 남자보다는 탈모가 없는 남자가 더 좋다고 한다. 사실 당연한 거 아닌가. "좋은 게 좋아, 나쁜 게 좋아?"라고 질문을 한 것과 다름없다고 생각했다.

와이프는 내가 처음 가발 고백을 했을 때 겉으로는 표현을 안 했지만 속으로는 내심 고민을 해보기도 했다고 한다. 어쨌든 결과는 감사하게도 나를 선택해서 결혼을 했지만 나와 탈모를 두고 한일전 맘먹는 치열한 혈투가 와이프 머릿속에서 펼쳐지지 않았을까 예상해 본다.

〜〜 〜〜 〜〜 〜〜

장모님 보고 계신가요

결혼한 지 반년이 넘도록 해결하지 못한 숙제가 하나 있었다. 바로 장모님께 "사실 제 머리 가발…"하며 고백하지 못했다는 것. 장모님과 함께 살고 있지 않아 가발 벗은 모습을 불가피하게 보여줄 일도 없었기 때문에 자연스럽게 고백이 미뤄졌었다.

그러던 어느 날, 예능 프로그램 〈밥은 먹고 다니냐?〉에서 섭외 요청이 들어왔다. 〈밥은 먹고 다니냐?〉는 탤런트 김수미 씨가 식당을 운영하면서 손님들의 고민을 들어주고 해결책을 제시해 주는 프로그램으로, 내가 운영하는 유튜브를 보고 탈모 고민을 같이 이야기해 보자는 것이다. 하지만 내가 '대멀'이라는 이름으로 유튜브를 운영한다는 것만 봐도 탈모 스트레스는 나에게 더 이상 고민거리가 아니었다.

섭외를 거절하려데 순간 장모님이 떠올랐다. 사위 된 도리를 다 하려면 더 늦기 전에 장모님께 꼭 고백을 하고 싶었기에 이번 기회를 잡기로 했다. 아내와 함께한

촬영은 순조로웠다. 탈모 고민이 아닌 장모님에게 가발 고백을 어떻게 하면 좋을지에 대해 MC들과 이야기를 나누며 색다른 경험을 했고, 촬영 말미에는 장모님께 영상편지를 띄우기도 했다.

이후 우리 부부의 계획은 이랬다. 방송일에 맞춰 자연스럽게 장모님을 집으로 초대한다. 거실에 모여 앉아 자연스럽게 텔레비전을 켠다. 자연스럽게 채널을 돌린다. 자연스럽게 영상 편지를 안겨준다. (하나도 안 자연스럽다는 거 안다⋯.)

그런데 방송 당일에 급한 일이 생기면서 나조차 본방을 볼 수 없었고, 지인들의 연락을 받고서야 방송이 잘 나갔음을 알 수 있었다. 하루가 지나고, 이틀이 지나도 장모님은 아무런 반응이 없으셨다. 아무래도 방송을 보지 못하신 걸까. 다른 가족들은 다 봤는데, 정작 방송을 꼭 봐야 할 우리의 주인공 장모님만⋯!

그렇게 몇 달이 지났을까. 장모님께서 반찬을 만들어

주시기 위해 우리 집에 오셨다. 외출해 있던 나는 장모님과 함께 식사를 하고 데려다드릴 생각에 서둘러 집에 갔는데, 장모님께서는 한사코 거절을 하셨다. 집에 가서 처남과 같이 밥을 먹겠다고, 일하고 와서 피곤할 테니 푹 쉬라고, 운동도 할 겸 혼자 가겠다고 하시는 바람에 그렇게 보내드릴 수밖에 없었다.

음식 하시느라 고생하신 장모님께 저녁 식사도 대접해드리지 못해 마음 한편이 무거웠다. 그런 나에게 아내가 살며시 다가와 할 말이 있다고 했다. 혹시나 장모님에게 안 좋은 일이 생긴 걸까, 어디가 편찮으신 걸까 불안함이 엄습했다.

"사실 엄마가 다 알고 있었대. 우연히 방송을 보다가 딸이 나와서 놀랐는데, 사위가 가발을 썼다고 해서 더 놀랐다고 하시네. 근데 놀라기만 했지, 전혀 상관없대. 죄를 지은 것도 아니고 딸이 괜찮다는 당연히 당신도 괜찮으시다고. 게다가 가발을 벗은 모습도 멋지고, 이미 내 자식이 되었는데 문제될 건 없다고 하셨어. 그리고 오늘 저녁도 같이 안 먹고 집에 가신 건 당신이 불편해할까 봐 신경 써주신 것 같아."

그렇다. 장모님은 이미 다 알고 계셨다. 하기야 텔레비전을 볼 때마다 내가 출연한 방송이 재방송되고 있었는데 장모님이 그걸 못 보셨을 리 없다. 그런데도 방송을 하고도 직접 따로 말씀드리지 못한 내 모습에 죄송스러운 마음이 더욱 커졌고, 알고도 끝까지 배려하고 기다려주신 장모님께 진심으로 감사했다.

나의 콤플렉스를 다른 사람에게 먼저 말하는 것은 쉽지 않다. 하지만 반대로 다른 사람도 내가 가진 콤플렉스를 먼저 말하기란 어려운 일이다. 특히 가까운 사이일수록 입을 열기가 주저하게 된다. 내가 먼저 장모님께 한 발짝 다가갔다면, 텔레비전에 나와 영상편지까지 써가며 고백했을 만한 일이었을까 싶다.

뭐든 처음이 어려울 뿐

나는 두 얼굴로 살아가고 있다. 때로는 대머리로, 때로는 풍성한 머리로 사람들 앞에 나타나 상대를 혼란스럽게 한다. 심지어는 가발을 쓰고 만났다가 중간에 벗기도 한다. 날씨가 덥거나 땀이 많이 나는 일을 할 때는 가발을 벗고, 아내와 데이트를 하거나 중요한 약속이 있는 날이면 가발을 쓴다.

가발을 쓰면 어쩐지 자신감이 생기는데, 요즘에는 그냥 대머리로 자신 있게 집밖을 나설 때도 있다. 한때는 나를 더욱 좌절시켰지만, 이제는 포기하지 않기를 잘했다고 생각하는 배우로서 하루를 시작할 때이다. 영화나 드라마 오디션을 보거나 악역으로 캐스팅되어 촬영장에 갈 때면 마치 그 역할을 위해 머리를 밀고 온, 열정 넘치는 배우처럼 보일 것 같고 오색찬란한 개성이 넘치는 그곳에서 '없을 무' 전략으로 나를 더 돋보일 수 있다.

이제는 처음 보는 사람에게 나를 소개할 때도 서슴없

이 가발 이야기를 꺼내놓는다. 처음에는 상대가 예기치 못한 상황을 맞닥뜨린 듯 동공에 지진이 일어나지만, 이내 자연스러운 가발에 호기심을 보이고, 이를 계기로 더 많은 대화가 오가면서 덕분에 첫 만남의 어색함은 금세 사라진다. 또한 서로 편하고 솔직한 사이로 발전하는 데 도움이 된다. 처음이 어렵지, 두 번은 쉽고, 하면 할수록 아무것도 아닌 고백. 단점보다 장점이 더 많은 가밍아웃이다.

운동을 좋아하는 나는 별 다른 스케줄이 없으면 오전 시간을 대부분 운동을 하며 보낸다. 처음에는 가발을 쓰고 운동하다 보니 땀을 최대한 흘리지 않게끔 온 신경을 기울여야 했다. 그래도 다른 사람들처럼 운동할 수 있다는 사실에 그저 기분이 좋았다. 하지만 하루 이틀도 아니고, 가발을 쓰고 운동을 하러 간다는 것은 비 오는 날 파마를 하러 미용실에 가는 것과 같았다. 그래서 가발에서 모자로, 모자에서 민머리로 천천히 나의 두피를 해방시켰다.

이제는 땀 흘리며 운동하는 맛, 건강해지는 기분을 온몸으로 만끽한다. 몸은 물론 자신감까지 생기니 해결할 수 없는 문제로 속앓이를 하고 있는 사람들에게 운동을 추천한다. 몸을 움직이는 것만으로 마음에 환기를 시킬 수 있다. 게다가 운동을 하면 옷과 가발도 더 예쁘게 입고 쓸 수 있다.

얼마 전에는 아내와 결혼기념일을 맞이해 레스토랑을 찾았다. 엄마, 아빠에게만 있을 줄 알았던 결혼기념일이 나에게도 생기다니. 그것도 '대머리만 아니면 된다'는 여자가 지금 나의 아내가 되었다니. 아마 이 모든 기적은 나의 콤플렉스를 마주하고, 받아들인 순간부터 시작되었으리라.

다 나쁘리란 법은 없다

선택이 가능하다면 나는 대머리로 살지 않을 것이다. 또한 앞으로 탈모 치료제가 개발되어 치료가 가능하다면 치료를 받아서 대머리가 아닌 머리가 있는 모습으로 지낼 것이다.

그 이유는 외관상으로 보이는 내 대머리 모습이 마음에 들지 않기 때문이다. 생각해보면 이 외에 문제는 거의 없다. 자식에게 탈모가 유전될까 걱정했지만 지금 첫째 딸은 또래의 아이들보다 머리숱이 많고 나중에 유전이 된다 하더라도 그때쯤이면 탈모 치료제가 대중화되어 있어 치료가 가능할 것 같고, 탈모를 커버할 수 있는 기술들이 지금보다 월등히 발전할 것이기 때문에 내 자식에게 내 탈모가 유전될까에 대한 걱정조차 이제는 거의 없다.

게다가 탈모는 치료하지 않으면 합병증이 온다거나 하는 문제들도 없다. 오직 바다의 외딴 섬처럼 내 몸 안에 있는 탈모라는 녀석은 외형적으로 티를 낼 뿐, 다른 곳에는 피해를 주지 않는, 한 마디로 표현하자면 눈에 띄지만 제법 얌전한 음… 뭐랄까 허수아비 같은 녀석이다.

그런데 믿기지 않겠지만 걸리적거리는 이 녀석과 함께 하는 일이 나에게 좋은 점도 있었다. 허수아비가 곡식을 해치는 새나 짐승 따위를 막아주는 것처럼 이 녀석도 나에게 여러 도움을 줬다.

## 넌 씻는데 30분? 나는 20초면 끝

두상에 전체적으로 탈모가 일어나는 전두탈모가 진행되자 그때부터 나는 스님처럼 머리를 모두 밀고 완전한 대머리 모습으로 지냈다. 그러자 머리 감기와 세수는 1분 안에 가능했고, 재미가 들려서 더욱 빠르게 해보니 20초 정도면 머리 감기와 세수를 할 수 있었다. 다른 특별한 방법이 있는 건 아니다. 세수를 하던 두 손을 그대로 두상까지 올리면 끝난다. 결혼 후엔 와이프가 외출하기 위해서 한 시간을 준비하는 사이 나는 침대에서 모자란 잠을 잘 수 있었고, 집에 돌아오는 길에 차가 막히거나 일이 늦게 끝나도 걱정되지 않았다. 나는 20초면 끝나니까.

## 잠잘 때 최고의 헤어스타일은 대머리

잠은 중요하다. 그리고 숙면은 가장 효과가 확실한 피로 회복제다. 여러 부류가 있겠지만 나는 잠을 잘 때 걸리적거리는 걸 매우 싫어하는 부류다. 그런 면에서 볼 때 털 끝 하나의 걸리적거림 없이 오로지 잠이 드는 것에 집중할 수 있게 해주는 내 대머리는 그 어떤 헤어스타일도 따라올 수 없는 장점이다. 몸을 돌릴 때 마다 머리카락의 위치를 바꿔야하는 번거로움을 덜 수 있고, 베개 자국만 잘 가리면 몇 시간 전에 일어 난 사람인 척 할 수 있다. 잠잘 때 최고의 헤어스타일은 대머리다.

## 와이프가 더 좋아하는 내 대머리

대머리와 가발 고백 후 충격에 빠져있던 와이프가 서서히 나의 모습에 적응해갔다. 어느 날 와이프는 내게 믿지 못 할 말을 건넸다.

"대머리와 가발 쓴 모습, 두 남자와 사는 것 같아서 좋아."

내 탈모가 남에게 행복을 준 처음이자 마지막 순간이 아닐 까 싶었다. 탈모가 나에게 매력 포인트가 되다니. 이 녀석, 제법이다.


## 육아 꿀템 대머리

기다리고 기다리던, 궁금해서 미치는 줄 알았던, 시간이 빨리 가기를 바라며 손꼽아 기다리던 10개월 동안의 기다림을 마치고, 경험해 본 사람만 아는 그 느낌을 느꼈다.

첫 딸을 만났다. 아기의 머리카락 풍성함에 안도를

하고 있던 것도 잠시 전쟁이 시작되었다. 다시 시간이 빨리 가기를 기도했다. 밤에 잠을 자면 아침이 되어야 하는데 현실 육아에선 잠을 자고 일어나도 밤이다. 아기는 밤낮을 가리지 않고 계속 잠에서 깬다.

아기가 기어 다니기 시작하고, 두 손을 잡고 조금씩 걷자 나는 더 바빠졌다. 전쟁 중에 부상당한 병사를 치료하는 구급병처럼 이리 뛰고 저리 뛰고 참 열심히 뛰어다닌다.

그렇게 육탄전을 벌이고 있던 중 탈모 이 녀석이 내게 도움이 되고 있던 사실을 알았다. 육아를 하는 엄마들의 모습을 상상하면 대부분 이 모습이 상상되지 않는가? 머리 묶는 모습. 나는 묶을 머리가 없다. 그래서 머리를 안 묶어도 된다. 이게 왜 장점이냐고? 아기를 안고 있으면 자꾸 머리카락을 잡아당기는 행동을 하는데 그런 행동이 너무 불편해서 대부분 머리를 짧게 자르거나, 고무줄로 묶어 버린다. 그런데 나는 묶을 머리카락이 없다. 이 하나로 현재 남들보다 육아에서 유리한 고지를 점한 상태다. 게다가 씻는 시간도 오래 걸리지 않으니 육아에 있어 대머리는 꿀템이다.

선택권이 주어졌을 때 탈모를 선택하는 사람은 없을 것이다. 하지만 선택이 되어졌다면 그 안에서 장점을 찾아서 활용하면 좋지 않을까. 두드러지는 단점에 현혹되지 말고 피할 수 없다면 즐기자. 즐겨서 남 주나, 즐기면 내 것이다.

탈모가 내게 준 것,
프로 가발러

요즘 여러 유튜브 채널 및 가발 업체 사장님들에게 가발 협찬 및 촬영 제의가 많이 들어온다. 그들은 내가 대머리로 살아오면서 힘들었던 점들, 가발을 써오면서 일어났던 슬프거나 웃긴 사연들을 원하기도 하고 가발 협찬을 통해서 홍보 효과를 누리고 싶어 하기도 한다. 최근에는 짧은 스타일의 가발이 필요했는데 때마침 모 가발 업체에서 가발 협찬이 들어와 승낙을 했다.

맞춤 가발의 경우 두상의 본을 뜨고 본 뜬 그 틀을 가지고 가발을 제작하는데 보통 한 달 정도 시간이 걸린다. 그리고 한 달 후 가발 제작이 완료 되었다는 소식을 들으면 매장에 방문해서 미용실처럼 머리를 손질한다. 마침내 세상에 하나뿐인 나에게만 맞는 가발이 완성이 되는 순간이다.

이번에도 두상 본을 뜨기 위해서 가발 업체 사장님을 만났다. 보통은 고객이 자리에 앉아 있으면 전문가께서 알아서 본을 떠 주시는데 내가 자리에 앉자 오히려 전문가분이 나에게 이것저것 물어보기 시작했다. 가발을 제작하는 데 있어서 전문가분이 나에게 조언을 구하고 있었다.

이 분야에 대해서 전문적으로 공부를 해본 적도 없고 아는 게 없다고 생각해 당황했지만 신기하게도 그런 질문들에 대해서 머릿속에 할 말들이 생겼다.

전문 용어를 사용하지는 못했지만 그동안 내가 가발을 써오면서 피부로 느꼈던 경험을 바탕으로 가발을 사용하는 사용자의 입장에 서서 말을 이어나갔다. 가발의 색상부터 시작해 고객들의 니즈까지.

제품을 사용하는 고객의 예상되는 필요를 단지 내 경험에 비추어 말씀을 드렸다. 제품의 튼튼함을 우선적으로 생각하는 기존 방식에서 벗어나 수명은 좀 더 짧아지더라도 더 얇고 자연스러운 스킨을 선택해서 보다 자연스러운 가발을 고객들이 원할 거라는 내용이었다.

가발에 있어 정답은 없다. 튼튼함을 우선으로 생각하

는 고객이 분명 있고, 한편으로는 자연스러움을 우선으로 생각하는 고객도 있다. 내 의견이 모두 맞지는 않을지라도, 물 흐르듯 가발에 대해서 대답을 하는 나를 보고 놀랐다. 어쩌면 15년을 넘게 가발을 사용하면서 내가 모르는 사이나도 이 분야에 대해서 전문가가 다 되었나 보다.

지금도 많은 가발 업체에서 협찬 제의가 들어온다. 홍보 효과를 누리고 싶어 하는 업체들도 있지만 나에게 협찬을 해주고 같이 가발을 만들어가면서 배우고 싶어 협찬을 해주고 싶다는 사장님들도 많다.

그런 말을 들으면 '난 전문가가 아닌데 어떡하지?'라는 생각이 들다가도 신기하게도 '이런 가발을 만들면 좋을 것 같은데?'라는 생각이 떠오른다.


15년 전 갑작스럽게 탈모가 찾아온 후 두 달 만에 머리카락이 대부분 빠졌다. 맞춤 가발 매장에 가발을 구매하러 들어가기까지 수년이 걸렸다. 가발을 구매할 돈도 구했고 매장에 들어가서 구매만 하면 되는데 가발 매장에 들어가야 된다는 점이 너무 힘들었다.

전화기에 가발 매장 번호를 썼다 지웠다를 반복하다가 몇 년이 흘렀다. 다행스럽게도 스마트폰이 대중화되면서 채팅 상담을 해주는 곳들이 생겨나 채팅 상담을 통해서 연락을 했고 그제야 매장에 방문할 수 있었다.

매장에 방문하는 날, 차를 타고 가는 길에도 심장은 벌렁벌렁 해댔고, 주차를 하고 매장 앞에 문을 여는 순간에는 주머니에 술이 있다면 꺼내서 벌컥 들이키고 들어가고 싶은 심정이었다.

부끄러웠다. 나와 탈모를 연관 짓기 싫었다. 대머리는 친구들에게 저 사람을 보라며 손가락으로 가리키며 속닥속닥 웃음을 유발하는 소재일 뿐이었으니까. 매장 문 앞에 선 나는, 대머리를 보며 놀리던 나의 모습이 파노라마처럼 생각나서 더욱 괴로웠다.

새하얗게 질린 얼굴을 하고 매장 문을 열던 그 날이 엊그제 같은데 지금의 나는 100여 개가 넘는 가발과 관련된 영상을 업로드해서 탈모를 겪고 있는 사람들에게 용기를 내라며 소리치고 있고, 심지어는 가발 전문가들과 함께 가발 제작에 대한 이야기를 나눌 수 있게 됐다.

15년이 넘는 시간 동안 어떻게 하면 좀 더 자연스러울까, 어떻게 하면 남들에게 들키지 않을까 생각하며 가발을 착용하는데 집중기 때문이리라. 만약에 가발러라는 직업이 있다면, 나는 그 분야에 전문가가 아닐까.

어느덧 가발이 습관이 됐다. 습관은 내가 일부러 하는 게 아니라 나도 모르는 사이 자연스럽게 나타나는 행동이다. 매일매일 이런 습관들에 내가 만들어져 가고 있다.

대머리 중엔
제일 멋져야 되지 않겠어?

대머리로 길거리를 나서면 사람들의 주목을 받는다. 대머리 모습을 하고 다니는 사람들이 많다면 괜찮겠지만 대부분 그렇지 않기 때문에 일반적이지 않은 모습에 주목을 받는 건 어쩌면 자연스러운 일이라고 생각한다. 그리고 그런 호기심 어린 시선이 반갑지 않기 때문에 탈모를 겪는 많은 사람들이 두피 문신, 가발, 흑채, 모발 이식 등을 이용해 탈모 부위를 가리려고 돈과 시간을 투자한다.

나는 가발을 이용해서 탈모를 해결한다. 아무리 기술이 좋아졌다고 하지만 무언가를 머리에 부착해서 다닌다는 건 그렇지 않을 때보다 불편하다. 특히나 땀이 많이 나는 여름, 혹은 매운 음식을 먹을 때, 그리고 운동을 할 때에는 불편함을 더욱 많이 느낀다.

즉, 가발은 편안하기 위해서 쓰는 것이 아니다. 콤플렉스를 가리고 외형적으로 더 예쁘고 멋진 모습을 하기 위해서 불편함을 감수하는 것이다.

   가발이 편리하긴 하지만 때와 장소에 맞는 옷을 선택해서 입고 나가듯, 가발도 필요한 때를 선택해서 착용하는 것이 좋다고 생각한다. 간단한 볼일을 보러 나갈 때조차 매번 가발을 쓰고 나가는 것은 본인의 선택이지만 개인적으로는 그렇게 하지 않기를 바란다. 슈퍼에 잠깐 다녀오는데 매번 화장을 해야 한다거나, 정장을 입어야 된다면, 불편하지 않겠는가.

   그렇다. 당연하다. 그렇게 살면 불편하다는 것을 알고 있지만 그렇게 하지 못한다. 그럼 자신에게 또 다른 선택지를 하나 더 만들어주면 어떨까?

   ①가발을 쓰고 나간다. ②가발을 쓰지 않고 나간다. 이 두 가지 선택지에서 한 가지를 더 추가해보자.

   ③대머리에 어울리는 패션을 하고 나간다.

처음부터 대머리 모습으로 하고 나가는 것은 혼밥 최고 단계에 있는 패밀리 레스토랑에 가서 혼자 밥을 먹는 것만큼 어려운 일이다. 하지만 국밥집 정도는 혼밥에 처음 도전하는 사람에게 괜찮은 선택지다. 대머리로 나가는 것이 어렵다면 대머리에 어울릴 만한 옷과 패션 아이템들에 관심을 가져보도록 하자.

대머리에 어울릴 만한 옷과 패션 아이템들에는 어떤 것들이 있을까? 생각나는대로 추천해본다.

### 벙거지 모자

가수 구준엽씨 같은 경우 캡 모자도 잘 어울린다. 어두운 피부 톤에 군모를 쓰면 얼굴과 모자간에 이질감이 없어 남성스럽고 멋진 모습이다.

하지만 나는 대머리에 캡 모자보다는 벙거지 모자를 주로 활용한다. 피부 톤이 비교적 밝은 편이고 옆머리와 뒷머리에 머리카락이 거의 없는 상태라 캡 모자를 쓰면 옆, 뒷머리의 탈모 부위가 많이 드러나 패션으로 모자를 쓴 느낌이 아닌 탈모를 가리려고 모자를 썼구나 하는 느낌이 강했다.

캡 모자가 마음에 들지 않자 다른 모자에 도전을 해 봤다. 비니를 써봤는데 기본적으로 내 얼굴과 어울리지 않았고, 옆, 뒷머리가 없어서 그런지 써보고 거울을 보면 어딘가 아픈 환자 같았다. 또한 여름에 쓰기에는 부담이 되었고 유행도 지나간 느낌이 있었다. 그래서 당시 유행하던 스냅백을 써봤다. 캡 모자와 별반 다를 게 없었다. 앞으로 스냅백을 쓰니 탈모 부위가 너무 드러났고, 뒤로 써봤지만 마음에 들지 않았다.

사실 벙거지 모자가 있는 건 알았지만 나에게 어울리지 않을 거라는 생각에 써볼 생각을 하지 않았다.

어느 날 와이프와 홍대를 걸어다니다가 들어간 옷 가게에서 아내의 추천으로 벙거지 모자를 한번 써봤다. 역시 옷은 입어보고 사는 것이라고 했던가, 벙거지 모자를 착용해보니 얼굴과 모자가 이질감 없이 자연스러 웠다. 옆머리와 뒷머리의 하얀 두상도 자연스럽게 가려 주었고 얼굴형과도 잘 어울렸다. 무엇보다도 조금 과한 느낌이 있을 것 같았는데 그렇지 않았다. 집 앞에 잠깐 나갈 일이 있을 때 기본 면 티셔츠와 벙거지 모자만 쓰 고 나가도좋을 것 같았고 사람들이 대머리인 것을 알아 볼 수 없고 만약 알아보더라도 일부러 머리를 밀고 다 니는 느낌도 줄 것 같았다. 그날 이후 벙거지 모자를 쓰 고 다니면서 매번 나갈 때마다 가발을 쓰지 않아도 자 신감 있는 모습으로 다닐 수 있어서 좋았다. 가발을 쓰 고 다닐 때에는 더운 날이나 매운 음식들을 피해서 다 녔는데 그렇게 하지 않아도 된다는 점이 제일 좋았다.

가발을 쓰고 다니면서 피곤했을 몸과 마음을 쉴 수 있는 시간이 필요하다. 매번 가발을 쓰고 다니는 것은 종종 귀찮고 피곤하며 예민해지는 일이다.

벙거지 모자가 답은 아니겠지만 시도해보지 않은 가발러라면 도전해볼 만한 아이템이다.


**마른 몸보다는 건장한 몸**

대머리가 된 후에는 탈모 전 머리카락이 있었던 모습의 얼굴 표정, 주름, 그 표정에 어울리는 헤어스타일, 그 얼굴에 어울리는 몸매와 옷 스타일이 더이상 어울리지 않는다.

나에게 잘 맞았던 옷인데 살이 찌면 옷이 꽉 달라붙어 더 큰 옷을 사야 하듯이 머리가 빠진 후엔 그 모습에 맞는 스타일이 필요하다.

직접 경험해본 결과 마르고 힘이 없어 보이는 몸매보다는 근육이 어느 정도 있고 건장한 몸이 대머리와 훨씬 잘 어울린다. 게다가 탈모가 생기면 대부분 자존감, 자신감이 많이 낮아져있는 상태이다보니 운동으로 멋진 몸을 만든다면 건강도 좋아지고 무엇보다 자존감,

자신감 상승에도 도움이 된다.

대머리는 나의 새로운 모습이고 나이기에 사랑해야 할 모습이다. 떠나간 사랑을 그리워만 한다고 해서 돌아올리 있겠는가. 이런 모습이 얼마 안 되어 어색하고 불편하겠지만 새로운 모습에게 사랑을 주어 매력을 갖게 해준다면 분명 그 사랑은 되돌아 온다. 지금부터 운동을 해보자. 그냥 대머리보다는 멋진 대머리가 좋지 않은가. 바다에서 배가 방향을 틀 듯 천천히 나를 긍정적인 흐름 속으로 띄워보자.

### 정장은 가발에게, 캐주얼은 대머리에게

매번 집 앞을 나갈 때마다 가발을 쓰는 사람들이 있는 반면, 정장 또는 정장 셔츠에도 모자를 쓰고 다니는 사람들이 있다. 대부분 탈모 콤플렉스를 가리기 위해서 모자를 쓴다. 집에서는 대머리로 생활하지만 밖에서는 탈모를 가리고 싶다보니 이른바 '정장+모자'라는 패션계에서 언급했다간 퇴출당할 법한 스타일을 하고 다니기도 한다.

깔끔한 책상에서 공부를 해야 집중이 잘 되듯, 회사나 학교를 갈 때에는 모자보다는 가발을 써서 만족감을 가지고 일과 공부를 하는 것이 더 효율이리라 생각한다. 아직 가발에 도전해보지 않은 분이 있다면, 이 기회를 빌려 추천해본다.

새로운 모습을 받아들이는 것이, 콤플렉스를 해결하는 가장 빠른 방법이며, 가장 좋은 치료제라 생각한다. 모두가 자신에게 어울리는 패션 아이템들로 슬기롭고 건강한 생활을 보냈으면 좋겠다.

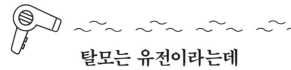

**탈모는 유전이라는데**

유명 연예인들이 자녀를 낳으면 꼭 받는 질문이 있다. "나중에 아이도 연예인을 시킬 건가요?" 아이가 원한다면 응원해줄 거라고 답하는 사람들이 있는 반면, 직접 이 길을 걸어보니 너무 힘든 길이라며 말리고 싶다고 말하는 사람들도 있다. 내 아이에게 좋은 것만 보여주고 좋은 것만 입히고 좋은 것만 먹이고 좋은 것만 안겨주고 싶은 게 부모의 마음이겠지.

이 와중에 탈모는 유전이라는데…. 만약 나에게도 "나중에 아이에게 탈모 유전자를 물려주고 싶나요?"라고 물어본다면 두말하면 입 아플 만큼 내 대답은 '아니오'다. 나는 이미 그 길을 걸어왔고, 앞으로도 흔들림 없이 걸어갈 수 있지만 자식도 걷게 하고 싶은 길은 아니다.

사실 최근에 내 아이가 혹시 나 때문에 탈모에 걸리면 어떡하지 고민해본 적 있는데 '그때쯤이면 의학 기술이 더 발달해서 손쉽게 해결할 수 있겠지' 하고 내 기분 좋게 생각을 마무리했다. 내가 직접 두피학개론부터 연구하기 시작해 탈모 치료제를 성공적으로 개발하여 내 아이는 물론 인류의 복지에 기여한 공을 인정받아 노벨상을 수상할 수는 없으니 말이다.

아이에게 자신의 콤플렉스를 물려주고 싶은 부모가 어디 있을까. 외모, 성격, 돈, 학업 등 모든 면에서 우리 아이가 나의 좋은 점만 빼닮기를, 나의 아쉬운 점은 닮지 않고 그와 반대로 살아가기를 바란다. 그래서 내가 할 수 있는 일은 길을 걷는 아이가 기분 좋은 꽃향기에 정신이 팔려 넘어지지 않도록 그 옆에서 아이의 손을 꼭 잡아주는 것, 그러다 비가 내리면 우산 쓰는 법을 알려주는 것. 그뿐이다.

육아를 하면서 동요를 듣다보면 어렸을 적 느꼈던 어린 나의 동심이 다시금 느껴진다. 동심의 세계로 빠져들어 잊고 있던 기억의 꼬리를 물고 가면 어렸을 때의 기억이 엊그제 일처럼 선명하게 느껴지기도 한다. 생일

파티 날 나에게 사탕 목걸이를 걸어줬던 유치원 옆 반 누나의 얼굴이 어렴풋이 생각나기도 하고 초등학교 입학식 날 엄마 손을 잡고 집 밖을 나와 학교로 걸어가던 길과 쌀쌀했던 그날의 공기가 떠오르기도 한다. 그리고 그 당시 아빠의 나이와 지금 내 나이가 비슷하다는 사실에 세월의 무상함을 느끼며 동심의 세계에서 빠져나온다.

이 책이 세상 밖으로 나올 때쯤 둘째도 엄마 뱃속에서 세상 밖으로 나온다. 이제 나는 바통을 이어받아 어린 아이가 아닌 아빠가 되어 두 딸들에게 예쁜 동심을 만들어줘야 한다. 먼 훗날 아이들의 동심 속에 내가 가발을 쓰고 생활하는 부끄러운 아빠가 아닌, 주인공과 악당 역할을 모두 소화할 수 있었던 자랑스러운 아빠가 될 수 있도록 더욱 멋진 대머리가 되기 위해서 노력해야겠다.

# 열 머리카락 부럽지 않은
# 멋진 대머리

내 방안에는 모니터 네 개가 있다. 책을 쓰다보면 머리카락 없는 내 모습이 모니터에 비친다. 탈모가 뭐길래, 가발이 뭐길래, 대머리에 대해서 이토록 진지하게 고민하고, 머리를 쥐어짜내어 책을 쓰고 있는 내 모습을 쳐다보면 이내 허탈한 웃음이 나온다. 모니터에 비친 검정색 동그라미는 남들보다 조금 일찍 머리카락이 빠졌다는 사실만 빼면 지극히 평범한데 그런 내가 방안에 앉아 마치 인생 전부를 탈모와 가발 연구를 위해 바친 박사라도 된 듯 감히 누군가에게 어떤 메시지를 전달하려고 집중을 해서 타자기를 두드리고 있다. 이런 내 모습을 보고 있으면 노벨 평화상 탈모 부문에서의 수상이 멀지 않아 보인다.

짧지 않은 시간 동안 책을 쓰면서 인생을 되돌아 볼 수 있었다. 과거를 되짚어 보다보니 다시금 생각나는 사건들도 있었고, 그때 느꼈던 감정들, 그곳에서 났던 냄새, 그 거리에서 흘러나왔던 노래들도 생각이 났다. 좋은 기억만 생각났으면 좋았을 텐데 생각하기 싫었던 기억들이 떠오르기도 했고, 후회가 남는 기억들도 있었다.

책을 처음 쓰기 시작했을 때 결혼을 했는데, 곧 있으면 두 아이의 아빠가 되는 걸 보니 책을 쓰는 동안에도 나에게 많은 긍정정인 변화가 일어났던 것 같다.

다만, 머리카락이 없는 점은 그대로라는 것에 서운한 감정이 살짝 든다.

탈모를 겪고 가발을 쓴지 15년이나 되었지만 15년밖

에 안 되기도 했다. 살아온 인생이 전부가 아닌 살아갈 인생도 나의 인생이다.

20대 가발 쓰는 청년, 30대 대머리 아빠에 대한 타인의 호기심은 크지만 60대, 70대의 탈모는 이목이 덜 집중된다. 생각해보면 단지 남들보다 조금 일찍 탈모를 겪고 있을 뿐이다.

책을 쓰는 작가가 된 건 다시 오지 않을 경험일 수 있다. 안타깝지만 이 책은 고작 지금까지의 인생만 담을 수밖에 없었다. 나는 예언가나 무속인이 아니며 타임머신을 가지도 있지도 않으니까.

다만, 행복한 상상의 나래를 펼치고 미래를 향한 목표를 정해본다. 로또 당첨 발표 전까지 매주 우리가 하는 그런 상상과 목표처럼.

앞으로 많은 사람들과 소통을 하며 지내고 싶다. 비단 탈모뿐만이 아닌 여러 콤플렉스를 가진 사람들과 같이 소통하고 고민을 해보며 그걸 극복할 수 있는 용기를 심어주고 싶다. 그리고 혹시 이 책을 보고 있을, 콤플렉스때문에 방 안에 숨어있는 사람들에게 전하고 싶은 메시지가 있다.

"어떤 콤플렉스인지는 모르겠지만 저랑 알고 지낼 생각 없으세요? 실은 남의 콤플렉스를 보는 것만으로도 도움이 될 수 있습니다. 저 대머리 입니다."

앞으로 배우로서, 유튜버로서, 가장으로서, 하나의 역할을 할 수 있다는 그 자체에 감사하며 열 머리카락 부럽지 않은 멋진 대머리가 될 것이다.

지금까지 탈모가 있어 대머리가 되었을 뿐, 특별할 것 없는 저의 평험한 이야기를 들어주셔서 감사합니다. 평범한 나날 속에 특별한 행복이 찾아오시길 바랍니다.

# 탈모, 무엇이든 물어보세요

**Q. 가발 가격이 만만치 않은데 사용기간이 어느 정도 될까요?**

A. 맞춤 가발은 평균적으로 2년 정도 사용한다. 하지만 어떻게 사용을 하느냐에 따라서 많은 차이를 보일 수 있어, 사용기간을 늘리기 위해서는 사용방법을 제대로 알고 사용하는 것이 가장 중요하다.

**Q. 민머리 관리는 어떻게 하시나요? 매일 면도해주고 해야 하나요?**

A. 의외로 많은 분들이 물어보시는 질문이다. 집에서 셀프로 관리하고 있으며 전기면도기로 관리하는데 소요시간은 5분도 걸리지 않는다. 또한 면도를 매일 해줄 필요는 없다. 사용하는 가발이 접착제를 이용해서 고정하는 방식일 경우, 오히려 조금 자라난 머리카락은 접착력에 도움을 줄 수도 있다.

**Q. 가발을 쓸 때 꼭 삭발을 해야 하나요?**

A. 본래의 머리카락이 너무 길면 문제가 될 수 있지만 꼭 삭발을 해야 하는 것은 아니다. 단, 가발로 가릴 부분, 즉 탈모가 있는 부분은 깨끗이 면도를 하고 가발을 써야 가장 자연스러운 스타일로 연출이 가능하다.

Q. **가발을 쓰고 수영을 할 수 있나요?**

A. 가발을 쓰고도 머리카락이 있는 사람들이 하는 모든 것을 할 수 있다. 가발은 상황에 따라서 그 행동이 가능한 고정 방식이 다를 수 있는데, 수영을 하고 싶다면 수영이 가능한 방식으로 고정을 하면 마음껏 수영을 즐길 수 있다. 지금까지 내가 직접 해본 건, 놀이공원도 가봤고, 워터파크도 가봤으며, 워터파크에 있는 빠르고 바람이 심하게 부는 놀이기구도 타봤는데 아무런 문제없이 잘 즐기고 왔다.

Q. **가발을 구매할 때 팁이 있다면?**

A. 내 얼굴과 잘 어울릴 뿐만 아니라 나아가 나의 모든 부분에 잘 맞는 가발을 선택해야 한다. 때때로 유명하고 비싼 헤어샵보다 내가 가는 동네 단골 미용실에서 자른 머리가 제일 마음에 들 때가 있는 것처럼, 가발의 브랜드 보다는 내가 원하는 스타일을 내 얼굴, 나이, 두상의 모양을 잘 분석하고 거기에 어울리는 스타일을 연출해 낼 수 있는 가발 업체를 선택하는 것이 가장 좋다. 그래서 구독자분들에게 항상 하는 말은 가발을 구매할 때 가발 업체에 궁금한 점들을 최대한 많이 물어보라고 한다. 예를 들어, 70, 80대 손님이

숱이 많고 머리카락이 까맣고 건강해 보이는 가발을 쓰면 오히려 가발을 티가 나게 만들 수 있다. 그런 분들은 흰 머리가 많이 섞인 가발과 거기에 어울리는 헤어 컬러를 선택하는 것이 좋다. 그리고 직업, 체질, 성향 등에 따라서 가발을 고정하는 방식이 달라질 수 있으니, 이런 부분을 잘 상담해주는 업체를 선택하는 것이 좋겠다. 또한 구매할 때 궁금한 부분들에 대해서 먼저 말해보는 것도 좋다고 생각한다.

**Q.  탈모약 복용은 안 해보셨나요?**

A.  탈모 초기 간간히 탈모약을 복용해봤다. 탈모약의 경우 효과를 본 사람, 효과를 보지 못한 사람이 극명하게 나뉘는데, 나 같은 경우 별 다른 효과를 보지 못했다. 탈모약이라는 건 탈모를 치료하는 치료제가 아니기 때문에, 몇 달 먹어본 후 효과가 없어 그 이후로 약을 끊었다.

**Q.  길거리에서 사람들 가발 탐지도 하시나요?**

A.  일반 사람보다는 잘 탐지 할 수 있다고 생각하는데, 요즘 가발이 정말 워낙 자연스러워 자세히 보지 않는 이상 탐지가 어렵다.

**Q.** 여자 친구가 아직 가발인 것을 모르는데, 가발 고백을 하고 싶습니다. 어떻게 해야 자연스럽게 가발 고백을 할 수 있을까요?

**A.** 지금의 아내에게 가발 고백을 할 때 무척 긴장을 했던 기억이 난다. 가발 고백을 하면 그 자리에서 표정을 찡그리며 자리를 박차고 욕을 하며 날 떠날 것 같은 두려움이 있었다. 그리고 이전에 지나쳤던 여자 친구들도 내가 가발인 것을 알았는데, 다행이 가발 때문에 헤어진 적은 단 한 번도 없다. 오히려 사실을 알았을 때 다들 한결 같이 괜찮다고 그간 탈모를 겪으며 힘들었을 나를 위로해줬다. 가발 고백은 아무리 자연스럽게 고백을 하려해도, 마지막에는 가발이라고 말을 해야 한다. 자연스러운 상황을 만들려고 노력하는 것 보다는 가발을 고백할 때 진심을 담아, 사랑하는 마음과 같이 전달을 한다면 좋은 결과가 있지 않을까. 또 결과가 좋지 않으면 어떤가, 내 상황을 이해해줄 수 있는 인연은 반드시 다시 찾아올 것이다. 가발을 쓴 것에 너무 자신감을 잃고 소극적인 모습을 보이지 않도록 하자. 나 같으면 가발 때문이 아니라 자신감 없고 소극적인 그 모습 때문에 그 사람을 선택하지 않을 것 같다.

# 이까짓, 탈모

2021년 11월 1일 초판 1쇄 발행

지 은 이 | 대멀
펴 낸 이 | 서장혁
책임편집 | 이다은
편    집 | 장진영
디 자 인 | 지완
마 케 팅 | 윤정아, 최은성

펴 낸 곳 | 봄름
주    소 | 서울특별시 마포구 양화로161 케이스퀘어 727호
T E L | 1544-5383
홈페이지 | www.bomlm.com
E-mail | edit@tomato4u.com
등    록 | 2012.1.11.
I S B N | 979-11-90278-88-1 (04810)

봄름은 토마토출판그룹의 브랜드입니다.